365日入門シリーズ

子どもの一句

高田正子

masako takada

ふらんす堂

子どもの一句＊目次

子どもの一句

凡例

○本書は、二〇〇八年一月一日から十二月三十一日まで、ふらんす堂のホームページに連載した「子どもの一句」を一冊にまとめたものです。
○それぞれ本文の終わりに出典を記し、季語と季節は太字で示しました。
○俳句のルビは適宜新仮名遣いでふりました。
○原則として常用漢字を用い、新漢字としました。ただし、一部の人名などはこの限りではありません。
○巻末に季語と俳句作者の索引を付しました。

一月

1日

子に破魔矢持たせて抱《いだ》きあげにけり　星野立子

昭和七年作。鎌倉八幡宮への初詣である。破魔矢をきゅっと握りしめて、高く抱き上げられる子の姿が見えるようだ。二十九歳の立子が抱き上げたのは二歳の娘早子。二年後の「受けてきし破魔矢を母に渡しけり」は成長の証。松本たかしに「抱きし子に持たせて長き破魔矢かな」がある。ふたりは年齢が近く、句会で同席することもあった間柄だったから、互いに意識して作られた二句かもしれない。（『立子句集』昭12）**季語＝破魔矢（新年）**

2日

わらんべの溺《おぼ》るるばかり初湯かな　飯田蛇笏

新年になって初めての湯殿での景である。命みなぎるおさなごが動くたび、なみなみと張られた湯がきらきら光る。それが「溺るるばかり」であろう。めでたく眩しい溺れようである。「初風呂へ産子《うぶご》をつつむましろにぞ　下村槐太」は産まれたばかりの命を寿ぐ白さであり、晴れがましさである。「初風呂や花束のごと吾子を抱き　稲田眸子」この手放しのめでたさは、きっと初めての子だろう。（『山廬集』昭7）**季語＝初湯（新年）**

3日

産声を男《お》の子とききし三日かな　上田日差子

作者は父上田五千石氏急逝ののち一誌を起こし、四十歳代の若さですでに創立十年の俳句結社主宰である。貫禄十分の今も、その名の通りお日さまのように明るく、会う人を楽しくさせてくれる。この句は平成五年、ひとりごを授かったときの感慨。予定日ちょうどに「ウギャ」と蛙を踏んだような声で生まれてきたそうだ。何もかもが初めてで、不思議で嬉しく、感動する日々の始まりである。（『忘南』平11）季語＝三日（新年）

4日

初電車子の恋人と乗りあはす　安住　敦

正月の過ごし方は多様化しているが、三が日が終わって仕事始に初めて電車に乗るような人もまた多かろう。それも確かに初電車である。この句は昭和四十一年元日の作。自解によると、長男の恋人として想定したかった少女に元日の空いた電車の中で会い、牡丹の花のような振袖姿で挨拶されて、父心がきゅんとしたらしい。残念なことにその後の進展は無かったというが。（『午前午後』昭47）季語＝初電車（新年）

5日

春著《はるぎ》きて机辺《きへん》の父に仰がるゝ　大橋櫻坡子

櫻坡子は「雨月」の創刊主宰。現主宰敦子氏の父上である。春著（着）とは新年に躾をとって纏う晴着のことだから、この句で仰がれているのが作者本人（男）であってもいけなくはない。が、やはりここは娘の晴着姿をほお〜っと仰ぐ父＝作者ととっておきたい。嬉しいような恥ずかしいような、くすぐったい父娘の情が鮮やかに立ち上がる。「春著より放たれて子ののどつと食ふ　加藤楸邨」これもまた真理。（『引鶴』昭27）季語＝春著（新年）

6日

餅花の見ゆる赤子を抱きにけり　大峯あきら

私が長女を得て間もないころ、まだ見えないはずの目でじっと宙を見据えてへら〜と笑うのを見て、赤ん坊とはヒトを超えた存在なのかと思ったことがある。この句の赤子はもう少し大きい。動く物を目で追い始めるころ。そうか見えるか、と抱いて餅花に近づけたのだろう。赤子の瞳の宇宙に餅花が宿る。触れようと手を伸ばしたかもしれない。餅花の影が作者と赤子を包み、ゆらゆら揺れる幸せの空間。（『宇宙塵』平13）季語＝餅花（新年）

7日

帯高く七《なな》種《くさ》籠《かご》を提《さ》げてきし　黒田杏子

着物を着付けるとき、若い女性は襟を詰めて帯を高めに結ぶ。七種籠を提げて訪ねてきたのは匂い立つような乙女だ。着物や帯の柄も色目も、七色に美しいものであったことだろう。この句は嵯峨野の寂庵を訪ねてきた舞子を詠んだものとどこかで読んだ気がするが、作者自身の子でないことは、詠みぶりに少し距離のあることからも想像ができよう。若い世代を眩しみ慈しむまなざしを感じる。（『一木一草』平7）**季語＝七種籠（新年）**

8日

わんぱくや先《ま》づ掌に筆はじめ　一茶

江戸の昔も平成の今も、腕白のすることに変わりはないらしい。書きぞめだっておとなしく半紙の上にしていたのでは、腕白の名がすたるというもの。ご存知一茶は江戸後期の俳諧師。メモ魔で、大量の書き付けと句日記を残した。「書き賃の蜜柑見い見い吉書かな」とともに文政二（一八一九）年の作。「弟に讃嘆されてお書初　千葉皓史」讃える子も讃えられる子も、いとけなく愛らしい。（『八番日記』）**季語＝筆はじめ（新年）**

9日

手毬子よ三つとかぞへてあと次がず　臼田亜浪

初めて手毬を貰った子だろうか。数えながらついてみるが三までしか続かない。いや、三より大きい数をまだ知らないのかもしれないし、綺麗な手毬が惜しくてつけないということも。「手毬唄止みしは毬の逸れしなり　大串　章」この子はもう少し大きく、毬つきも上手そうだ。手毬唄を歌いながらつけるのだから。「板の間は母に近くて手毬つく　岡本　眸」毬をつくほとりには、どこか人の気配がある。（『旅人』昭12）季語＝手毬（新年）

10日

少年のこぶしが張れる独楽《こま》の紐　長谷川かな女

まだたいして力も無く、たくさんのことを巧くできる手ではない。けれどきゅっきゅっと緊密に上手に独楽の紐を巻いてゆく。小さな拳が独楽の紐に命を与える。眉間に皺を寄せて、生真面目な顔付きがなんだか頼もしい。「負け嫌ひなる末の子の独楽を打つ　上野　泰」負けが込んでいるのだろう。むきになって独楽を打ち続ける。「独楽の子のまだ一人ゐて街の角　加藤楸邨」きかん坊がここにもひとり。（『川の灯』昭38）季語＝独楽（新年）

11日

その中に羽根つく吾子の声すめり　杉田久女

羽根つきに興じる女の子たちの声が、母の耳に届いて弾ける。あ、今のはうちの子の声だわ。何人の子の声がまじろうとも、無二のわが子の声は聞き分けられる。母の自信は絶大だ。人一倍情が濃く細やかな久女を百％受けとめて応える人がいたら、また違った人生を送っていたことであろうに。「羽子板の重きが嬉し突かで立つ　長谷川かな女」静かな嬉しさが全身にみなぎり、あふれる。（『杉田久女句集』昭27）　**季語＝羽根つき（新年）**

12日

正月の凧《たこ》や子供の手より借り　百合山羽公

ああ、凧揚げか。懐かしいなあ。きみきみ、ちょっとおじさんに貸してみてくれないか……。こんな景を思った。「凧揚げて来てしづかなる書斎かな　山口青邨」こちらは子どもにつきあってさんざん凧揚げをした後、自分の城＝書斎に戻ったお父さんの感慨。「兄いもとひとつの凧をあげにけり　安住　敦」ひとつの机を分け合ったり、ひとつの凧をあげたり、安住家の兄妹は涙が出るほど仲良しだ。（『寒雁』昭48）　**季語＝正月の凧（新年）**

13日

双六《すごろく》の母に客来てばかりをり　加藤楸邨

平成五年の楸邨逝去以後に主宰誌「寒雷」に掲載された作品。最晩年の句であることを意識すると、眼前の景でも若い父親だったころの景でもなく、セピア色に褪色した幼時の思い出を詠んでいるように思えてくる。お正月だから特別ね、と子どもの遊びに入ってくれた母。でもやっぱり忙しくて中断ばかり。うれしくて不本意。「少年我へお下髪垂れきし絵双六　中村草田男」こちらは甘酸っぱい思い出。（『望岳』平8）季語＝双六（新年）

14日

たをやかに峰従へて成人祭　保坂敏子

一月第二月曜日、成人の日。この句の時代の成人の日は一月十五日。祝日は毎年定まった日に迎えたいと思うのは私だけだろうか。作者は山梨の人。甲斐の山々に囲まれた成人祭だ。たおやかに且つ颯爽と成人したのは女性だろう。「成人の日をくろがねのラッセル車　成田千空」こちらの新成人は男性か。祝われる今日の身をラッセル車に置き、大雪と格闘しているのだ。作者は青森の人。（『芽山椒』昭61）季語＝成人の日（新年）

15日

母が家に母のもの着し女正月

山本洋子

大正月を男正月、小正月を女正月ともいう。年末年始に多忙を極めた女性たちがようやく落ち着くころ。男を仕事に出して、女と子どもでする打ち上げパーティーというのもよいものだ。掲出句は平成十六年作。作者は平成十三年にすでに母上を送っている。女正月の今日、母健在のころは母のもとを訪ね、母の着物を借りてくつろいだりしていたけれど……。母のことを思うとき、人は永遠に子どもである。（『桜』平19）季語＝女正月（新年）

16日

やぶ入の寝るやひとりの親の側

太祇

かつて奉公人には年に二日しか休みがなかった。一月と七月の十六日。ちなみに地獄もこの日は休業日。閻魔詣の日でもある。久しぶりに親もとへ帰った子も、迎えた親も、何やかにやと興奮気味に一日を過ごしたことだろう。今はすでに夜も更け、枕を並べてしんみりと語り合っているようだ。太祇は江戸後期の俳諧師。江戸に生まれ、のち京島原に居を移して蕪村らと親しく交わった人。（『太祇句選』）季語＝藪入（新年）

17日

着ぶくれて父の家より戻りけり

石田郷子

作者は早くに母上を亡くされたようだ。父がひとり住む実家でしばらくを過ごし、今自分の家へ戻って来たところだ。すっかり着ぶくれて、出かけたときのお洒落な姿はどこへやら。身を縛るものすべてから解き放たれるのが、実家のよさではあるのだが。「蚕豆を茹で上げて父頼もしき」「父の手のざくざくと剝く柿なりけり」心配は無用だという父のメッセージを全身で受けとめた娘。父は故石田勝彦氏。（『秋の顔』平8）季語＝着ぶくれ（冬）

18日

かぜの子に敬礼をしてかぜ心地

細谷喨々

「先生、かぜひいちゃった」と小児科医の作者のもとへ子どもがやって来る。「どれどれ、うん大丈夫だよ」そういう先生も少し鼻声だったりするのである。「かぜ」と書くと風邪が優しい病になるようだ。作者は小児癌の治療を専門とされ「死にし患児の髪洗ひをり冬銀河」という厳しい現実を生きる人。第二句集『二日』には、非日常を日常として生きざるを得ない子どもたちの姿がリアルに詠まれている。（『二日』平19）季語＝風邪（冬）

19日

咳の子のなぞなぞあそびきりもなや　中村汀女

汀女の子ども俳句はあたたかい。それは母として子をいとおしむだけでなく、子として父母を慕う気持ちが下敷きにあるからではないだろうか。汀女自身も両親から慈しまれ、大切に育てられた人だったことを思う。「咳をする母を見上げてゐる子かな」どの子も抱きしめたくなるほどいとしい。「この家の子か水洟の立派なる　宇多喜代子」こちらは、汚いと拭う前にたいしたもんだと褒めている句。（『汀女句集』昭21）季語＝咳（冬）

20日

悴《かじか》み病めど栄光の如く子等育つ　石田波郷

二度の胸郭成形手術を受けた昭和二十三年の作。「冬日の吾子少年少女たるまでは」とすがるような思いの辛い時期である。「離れて遠き吾子の形に毛糸編む」付き添う妻の姿だろう。「寒むや吾がかなしき妻を子にかへす」病む夫と幼い子の間を往き来する妻も大変である。子の成長を「栄光の如く」とは、喜ぶというよりほとんど目が眩んでいる。それだけ自身が弱っているということだ。それが哀しい。（『惜命』昭25）季語＝悴む（冬）

21日

大寒の山ゆるぎなし乳母車　　名取里美

平成四年作。鎌倉に住む作者の日常詠。乳母車には当時一歳のご長男を乗せていたとのこと。「車を運転しないので、出かけるときはいつも乳母車。把手に買物の袋をたくさんぶら下げて」。乳母車のほうもゆるぎない状態だったというわけ。この句の構図は「乳母車夏の怒濤によこむきに　橋本多佳子」と似ている。赤ちゃんのエネルギーは、大寒の山や夏の怒濤と引き合って釣り合うものなのだろう。（『あかり』平12）季語＝大寒（冬）

22日

寒満月こぶしをひらく赤ん坊　　三橋鷹女

「遺作二十三章」中の最終句。子がらみの句は他に「雁渡る賽の河原に石積まれ」「生み月や鬼灯に灯がともり初め」「柚子風呂に赤子を沈め北がみへ」。二十三句をひと息に読むと、最終のこの句に到ってふわっと体が軽くなる気がする。冴えた寒満月と交信し合う赤ん坊のこぶし。宇宙のエネルギーがここから放たれていくようだ。鷹女はこの「遺作」を記して入院、手術を受けるが逝去。（『三橋鷹女全句集』昭51）季語＝寒満月（冬）

23日

毛布にてわが子二頭を捕鯨せり　辻田克巳

もう鼠でも兎でもない年ごろの子どもたち。でも寝る前のひと騒ぎがまだまだ必要なのである。寝ない子誰だ〜と追いかけるのはお父さんの大切な役目。そうら捕まえた！もう一頭！　子どもたちの弾ける喜びが毛布ごしに伝わる。布団を敷き詰めた大海原にまもなく静かな夜が来る。「白息や生徒あざむく容易なり」こちらは教師である作者の昼間の顔。葛藤のあとは見せぬのがプロというものなのだ。（『明眸』昭48）季語＝毛布（冬）

24日

子に靴を穿かすインバネス地に触り　山口誓子

インバネスは男性の和装用コート。和装が珍しくない当時の普通のスタイルなのだろうが、女性なら衣裳が地に触るようなことにはならない。男性が慣れぬ手つきでもたもたやっている姿が目に浮かぶ。昭和二十五年作。「粉雪ふるマントの子等のまはりかな　加藤楸邨」（『雪後の天』昭18）。この子等のマントも普通の冬の衣類だ。衣類事情は昭和の中くらいまで、明治の世と同じかもしれない。（『和服』昭30）季語＝インバネス（冬）

25日

ねんねこの子へともなしに唄ひをり　片山由美子

子どもを寝かしつけるときはピアニッシモでレガートに唄う。子のために唄っているのだが、どこか焦点が定まらぬような唄い方を指して「子へともなしに」は巧みである。現代では抱っこ用のねんねこの可能性も十分にあるが、この「ともなし」の感じを生かすためには、是非おんぶであって貰いたいと思う。「ねんねこに手が出て見えぬものつかむ」このこぶしも背中側に見えていて欲しい。（『風待月』平16）季語＝ねんねこ（冬）

26日

母と子のトランプ狐啼く夜なり　橋本多佳子

昭和二十一年作。大阪から奈良のあやめ池に疎開（昭和十九年）し、燈火管制の光の下でよくトランプをした、と自解にある。限られた光の輪の中に鮮やかに散るトランプ。橙色の光の外は、初めて住む田舎の深い闇である。そこへときおり狐の声が。母と子はますます肩を寄せ合ったに違いない。「芦の笛吹きあひて音を異にする」同年の作。芦笛の、子の音と母の音とが澄んだ空で交錯する。（『信濃』昭22）季語＝狐（冬）

27日

少年よ白たぐひなき兎抱く　大石悦子

冬になると白毛になる種類の兎なのかもしれないが、少年と呼ばれる時期の子が抱いたからこその白さと受けとめたい。まるで積もったばかりの雪のような。この「たぐひなき」白さは少年の命の輝きでもある。「兎抱く長女さびしい手足かな　伊藤淳子」この少女は長女と呼ばれるようになってまだ日が浅いのだろう。もう幼女ではない。少女らしく伸びてきた手足が、無言でさびしさを訴えている。（『耶々』平16）**季語＝兎（冬）**

28日

百合鷗少年をさし出しにゆく　飯島晴子

百合鷗という言葉に魅せられてつくったと自解にある。都鳥には業平以来のイメージがまつわるが、百合鷗の言葉としての美しさには清新な迫力があり、日本より西欧を感じる、と。言葉としての百合鷗に対しての少年であるから、生身の少年ではなく精神性を感じ取ればよいだろう。作者は「華やかな傷ましさへの嗜好が出ていればよい」と言う。私はフレスコの宗教画を連想したが、さて。（『朱田』昭51）**季語＝百合鷗（冬）**

29日

少年に咬《か》みあと残す枯野かな　櫂　未知子

万物が枯れて尖ったり硬くなったりしている野にひがな遊べば、たくさんの擦り傷や切り傷をこしらえる。こんなに傷だらけになって、と嘆くのが普通のお母さんだ。作者はむしろ枯野の気持ちになっているようだ。好きなだけ遊ぶがよい、私はお前を咬ませてもらうから、と。「大花野少年のうち伏してをり　藺草慶子」こちらは内面に傷をもつ少年。作者は花野か花野の空と化している。（『蒙古斑』平12）季語＝枯野（冬）

30日

霜をゆく少女は鈴に守られて　福田甲子雄

少女がひとり行く。大人はついてはいない。何があっても目的地まで自力で行き着かなければならないのだ。そんな姿を見かけると、見ている者のほうが心細くなってしまう。が、少女はいたって平気。鈴の音がついてきてくれるから。ランドセルにつけたお守りの鈴かもしれない。霜を踏む音もはりはりとつき従う。「雪降ればすぐさま濡れて童女なり　日迫秩父」「童女」の響きがいとしく、あやうい。（『盆地の灯』平4）季語＝霜（冬）

31日

かのセーラー服二輛目の雪嶺側　今井　聖

いつもの彼女が見える位置に今朝も乗りこむ詰襟の僕、そんなふたりを見つめる作者、という構図を勝手に描いている。僕＝昔の作者、でもよい。あくまで僕＝今の作者ととらえないのは、私自身がすでにこの句を子世代のものとして読んでいるからだ。「一輪車白セーターの女の子　大井雅人」「雪焼けの黒さで少女君臨す　田川飛旅子」共通するのは、少し近寄りがたいほど神聖なる少女の存在感。（『谷間の家具』平12）季語＝雪嶺（冬）

二月

1日

笛吹いて了《おわ》る童話よ遠嶺に雪　大嶽青児

「ぴーひゃらどんどん　とってんぱらりんのぷー　これでおしまい」とお話が終わる。話にひきこまれていた子どもの体から、ふーっと力が抜ける。もし寝る前の読み聞かせだったら、子はこれで安心して眠りにつく。もし昼間だったら、次の遊びに向かってゆくだろう。おとなを残して。「遠嶺に雪」とは現実の雪でも心に降る雪でもよい。おとなの心を、過ぎ去った無垢なる時間がよぎるのはこういうときだ。（『遠嶺』昭57）季語＝雪（冬）

2日

春隣吾子の微笑《みしょう》の日日あたらし　篠原梵

「子　四十七句」の一句目「寒き燈にみどり児の眼は埴輪の眼」に「長女、御茶ノ水H病院にて生る」と前書がある。冬のさなかに生まれた長女が初めて立つようになるまで、成長を追って詠まれた句群である。初めての子というのは、なぜこんなに毎日違って見えるのだろう。日脚が伸びていく。わが子も日に日に成長していく。といってもまだ首も据わらない赤子だけれど。変化は微笑にあり。（『皿』昭16）季語＝春隣（冬）

3日

子が触れたがる豆撒きの父の桝　鷹羽狩行

神社でするような追儺の会式ではない。家庭での子どもが主役の豆撒きだ。ごくごく幼い子であろう。顔より大きい鬼の面をつけたり、父に抱かれてぱらりと豆を打ってみたり。が、豆を口に入れて万一詰まったりしては大変だから、自分で好きに桝を抱えることは許されない。そんな年齢。子どもは豆を打つことより、父が持つ豆の桝そのものに、ますます興味をつのらせていくのだけれど。（『遠岸』昭47）季語＝豆撒き（冬）

4日

あかんぼのとんがり頭春立てり　辻　美奈子

助産師の作者は「霜の夜の生れくるものに貸す力」を備えた頼もしい存在である。今はふたりの女の子のお母さんでもあるが、それはもっと先の話。この句のあかんぼは産院の新生児であろう。新生児の頭の形は、自然分娩によるか帝王切開によるかで異なるらしい。このとんがり頭は産道をくぐり抜けてこの世に出てきた証だ。ぷはーっとこの世で最初の息をして。新しい生の始まり。ああ、春だこと。（『真咲』平16）季語＝春立つ（春）

5日

乳呑子のよくねる今夜冴返る

瀧井孝作

この句集は昭和十七年十二月十五日の浮寝鳥の句に始まり、昭和六年六月十日の祝婚の句に終わる逆編年体である。確かに句集とは回想シーンの集積体ではある。時間を遡る配列によりその効果が増幅される印象だ。赤ん坊は生後三か月ほどは昼も夜も無い。三〜四時間毎に乳をやり襁褓を替える暮らしである。それがどうだ。今夜はよく寝ていてくれる。空気の澄み渡る音が聞こえるほど静かな夜。（『浮寝鳥』昭18）季語＝冴返る（春）

6日

薄氷そつくり持つて行く子かな

千葉皓史

薄氷。春の氷である。春なのに張る氷というより、春になってもう厚くは張れない氷だと思う。「うすらひ」と読むこともある。うすらひはあえかな花のような感じだが、薄くても「こほり」には質感がある。あやういが、触れても消えて無くなったりはしない感触。だからこの句は「うすごほり」でなければならない。そんな春の氷をまるごとはずして持って行こうとする子。及び腰になってそろそろと。（『郊外』平3）季語＝薄氷（春）

7日

村の子はどこか濡れ色雪解風　坂本好子

雪解の土に精気が差し、ものの芽がみるみる噴き出してくる。春はあらゆるものに色が戻り、鮮やかに影が甦る季節だ。「雪とけて村一ぱいの子どもかな　一茶」ではないが、大きい子も小さい子もみんな出てきて、春の日ざしに賑やかな声をあげる。濡れ色は実際に濡れた色という以上に、冬の間乾いていた色彩が潤いを取り戻し、明暗の対照がはっきりしてゆくさまであろう。風も春の匂いを乗せて。（『行き合ひ』平19）季語＝雪解風（春）

8日

針供養子が子を連れて来てゐたる　安住　敦

針供養は一般に関東では二月八日、関西では十二月八日に行われる。母の代理で針を納めに、子が更に幼い子を伴って来ている景をまず思った。が、昭和四十五年の冒頭所載の句で、かつ「千枚漬頒たむとなり子を呼びしは」と「なべ焼食べて子は子の家に戻るべし」にはさまれているとなれば話は異なる。自解にも、出勤の夫に送られて実家を訪れ、夕食後に揃って帰って行く娘一家の日課が記されている。（『午前午後』昭47）季語＝針供養（春）

9日

子どもたち走り木の芽はふとるなる

長谷川素逝

身ほとりに小さな音が立ち始めると春だ。音は気配のように始まるが、日に日に賑やかに高まってゆく。木々の芽吹などまるでわめくようだ。「ふとる」とは確かな成長を保証する安定感のある言葉だ。子どもはといえば、生来じっとしているのが苦手なもの。冬の間にためこんだ生命力を春の到来とともに一気に解き放つ。子どもたちの喚声と足音に大地は更に目覚め、やがて完全なる覚醒の季節を迎える。（『ふるさと』昭17）季語＝木の芽（春）

10日

春泥に子等のちんぼこならびけり

川端茅舎

どんな景だと思う？　人に問うとほぼ同じ答えが返ってくるからお試しあれ。あるいはこんな景はどうだろう。そもそも泥んこが好きなうえ、あたりがきらきらし始めたのが嬉しくて、子等はいつしか泥まみれ。あらあらあなたたち！　母は泥の着物をはぎとってゆく。まだまだ寒いが裸も大好き。今日はいい日だ。早く遊びに行きたくて、すぐに皆もじもじし始める。早春の風が抜けてふるるん。（『川端茅舎句集』昭9）季語＝春泥（春）

11日

二人子を左右に見上げあたたかし

城間芙美子

作者が句会へ出ている間に御主人がみまかられた。出がけに聞いた「行っといで」が最後の言葉となった。思いつめる作者に、俳句をやめぬよう諭した息子さん。投句の代筆をした娘さん。まだついこの前まで幼い子どもだった気がするのに、こんなに大きく、頼もしくなって。子らの存在感に今さらのように気づく母であった。それぞれの家庭で事情は異なるが、母親ならば誰もが望む境地である。（『花月夜』平19）季語＝あたたかし（春）

12日

子をおもふ憶《おく》良《ら》の歌や蓬餅

竹下しづの女

「瓜食めば子ども思ほゆ栗食めばまして偲はゆ」と万葉の昔、山上憶良は詠んだが、昭和のしづの女は蓬餅を前に子を想っている。ともに野に出て摘みためた蓬で餅を作った思い出があるのかもしれない。昭和七年の作。長女の結婚に際して詠まれた「山をなす用愉しゝも母の春」に続く句である。忙しくも愉しい日々が過ぎ、ほっとすると同時に、もう子が気がかりになり始める母であった。（『颱《はやて》』昭15）季語＝蓬餅（春）

13日

春雪に子の死あひつぐ朝の燭

飯田蛇笏

「二月十三日、三男麗三亦外蒙アモグロンに於て戦病死せる公報到る」と前書がある。昭和二十三年の作。長男鵬生散華（十九年十二月二十二日）の報が二十二年の八月十六日になって届き、年明けて今度は三男の戦死が知らされたのだ。子に先立たれることの辛さはもとより、子の死を知らぬまま過ごした月日が虚しく切ない。春になっての雪のように、親の心に底なしの悲しみが降り続く。（『雪峡』昭26）季語＝春雪（春）

14日

いつ渡そバレンタインのチョコレート

田畑美穂女

昭和五十八年の作品。当時すでに本命チョコに対し義理チョコという言葉が派生するほど定着していた早春の習慣である。作者は明治四十二年生まれだから、作句時は七十歳代半ば。バレンタインでかくもかろやかな句ができる柔軟性に感動を覚える。作者名がブランクになっていたら、正しく埋められるだろうか。永遠の少女。その精神は羽根のように軽快だ。（『美穂女抄（二）』平2）季語＝バレンタインデー（春）

15日

七色に泣き顔ゆがみ石鹸玉《しゃぼんだま》

金村眞吾

七色なのにさびしいしゃぼん玉遊びである。少女ではなく少年だろう。なぜなら少年は泣くなと言われることが多いから。泣くことをいましめられるから、泣くとよけいに顔がゆがむ。嗚咽の息の生み出すしゃぼん玉の、きらきらと美しいことよ。隠れてひそひそと泣くこと自体がひとり遊びのようにも思えてくる。「な」音がくり返されて、ナイーブな少年の少し鬱屈したありようが伝わってくるようだ。（『菊膾』平19）季語＝石鹸玉（春）

16日

鞦韆の少女さらはれさうに漕ぐ

鍵和田秞子

秋が入っていながら春の季語とは、と毎年思う「鞦韆」である。別名の半仙戯は羽化登仙の感にちなんでつけられたものとか。羽が生えるとはなるほどその通り。ことに鎖を振り切らんばかりに漕ぐと、そのままぽーんと雲に乗れそうに思う。見守る側も元・少女だから、ちゃんとわかってはいる。でもやはり心配なのだ。そんなに勢いよく漕いで。天の神さまに気に入られてしまったらどうするの？（『光陰』平9）季語＝鞦韆（春）

17日

紙風船息吹き入れてかへしやる　西村和子

昭和五十八年刊の第一句集『夏帽子』を持って、初めてお会いした平成二年に「泣きやみておたまじやくしのやうな眼よ」とサインして頂いた。大阪の小さな駅のホームであったと記憶する。それが私の、子育て俳句の先輩である作者との出会いであった。『夏帽子』には直接わが子を詠んだ句が多かったが、この句に詠まれているのは作者自身の行為である。が、漂う子どもの気配のなんと濃厚なこと。（『心音』平18）季語＝紙風船（春）

18日

ごうごうと鳴る産み月のかざぐるま　鎌倉佐弓

所収の二百句中百六十句までが、一年ほどの間に集中的に書き下ろされたものだそうだ。初めての妊娠出産育児に取り組みつつ、ご自身の感性と向きあって過ごされたのだろう。かざぐるまがごうごうと鳴るとは、精神の昂った少々ナーバスな表現。初めての出産は、新しい命への期待以上に不安で孤独だ。句集名が暗示するように、何か救いの光を求める一年であったのかもしれない。（『天窓から』平4）季語＝かざぐるま（春）

19日

少年や六十年後の春の如し　永田耕衣

肉体はまぬがれがたく老いてゆくが、誰もが、いくつになっても、折にふれてよみがえる少年少女性を抱いているはず。この句の少年とは、まさにそのときの作者自身。心が春のようにやわらかく、体も軽やかに舞いあがる感じだったのかもしれない。六十年は干支が一巡するのにかかる年月。「六十年後」とは暦が還り、古い命が新しい命となる瞬間。陽炎のようにはかない。けれど確かに兆すもの。（『闌位』昭45）季語＝春（春）

20日

玉椿八十八の母の息　桂信子

「草苑」の創刊主宰となった昭和四十五年の作。玉椿とは椿の美称である。古来長寿の木とされる椿を、母の米寿に捧げ祝う句であろう。母が庭を歩く。気に入りの椿のもとへ今日も行く。真っ赤な椿と母の白髪と。まだ少しひんやりした空気のたゆたう季節。母のひと息ひと息がほろほろとこぼれる。椿も母も息も、すべてが八十八であるようにも読める。母よ、息災であれ。子の祈りの句でもある。（『新緑』昭49）季語＝椿（春）

21日

百年は生きよみどりご春の月

仙田洋子

母となられた作者にもお会いしているが、私の中でのイメージはいつも、縦書にも横書にも堪能な才気煥発なお嬢さんである。そのせいかこの句も母性百%の句というより、洋書の見返しにあるような献辞に読める。生まれたての嬰児に百年は死ぬなと言う。おそろしいほど冷静な、究極の母の願い。それをやわらかに包んでいるのは、みどりごという言葉と季語の春の月だ。悠久なる時空に今置かれた子。（『子の翼』平20）季語＝春の月（春）

22日

百年の校舎に春の寒さかな

中山純子

校舎とは子がわいわい集うところ。が、この百年の校舎には生身の子の匂いが感じられない。放課後薄暗くなってからの校舎か、それとも老朽化と耐震不足で改築が決まった校舎か。木の扉や窓枠ががたぴし騒ぎ、床は踏めばぎいと鳴くのだろう。百年分の子の面影や声が、影のようにそこここにひそむ。使い込まれた貫禄より、古びてしまった悲しみを今この校舎は抱いているようだ。それが春の寒さだ。（『晩晴』平15）季語＝春寒（春）

23日

少年に獣の如く野火打たれ　野見山朱鳥

作者の名を見ると反射的に「火を投げし如くに雲や朴の花（昭21）」を思う。掲出の句は昭和二十三年作。同年の作に「炎天の家に火を放け赤子泣く」もあり、当時のモチーフの一つが火であったことがうかがえる。野火の広がり方が思いのほか速く、少年に襲いかかるように見えたのだろう。すべてが視野に入る神の目を作者は得たかのようだ。日本武尊は草を薙ぎ払って逃れたが、この少年はいかに？（『曼珠沙華』昭25）季語＝野火（春）

24日

芝焼きて父を焼きたる火を想ふ　福永耕二

作者が焼いているのはどこの芝だろう。春先の役割として毎年手ずから焼くような、恒例の行事だったのではなかろうか。いつものように火を放つ。しかし今年の炎は送ったばかりの父を想わせる。父を焼き尽くしたあの火。芝を焼くのは再生のためではあるのだけれど。六十一歳で亡くなった父を「天寿とはいへぬ寒さの蕗の薹」と息子は悼んだが、この八年後四十二歳で逝去する。（『鳥語』昭47）季語＝芝焼く（春）

25日

産み月のころほひに咲く種を蒔く　いのうえかつこ

俳句で種蒔といえば種籾を苗代に蒔くこと。が、稲は花より米を期待して蒔くものだから、「咲く種」とは花の種にほかならない。春蒔けば初夏のころから咲き出すだろう。この人の産み月はいつだろう。夏のさなかなら向日葵というのも素敵だと思う。この句は句集の掉尾にある。産み月といっても生身の子の話ではなく「次」への期待を意味するのかもしれない。句集とは常に未完なもののはずだから。（『奉納』平10）季語＝花種蒔く（春）

26日

苗床にをる子にどこの子かときく　高野素十

この句と並ぶ「たてかけて苗障子ありかくれんぼ」と関連づけて読めば、風よけの陰に隠れている子に、どこの子かと声をかけたことになる。子どもは遊びに夢中になると周囲のことなどお構いなしだから、出そろった苗に注意を促すつもりもあったことだろう。が、私には、苗床に想定外の姿の苗を見つけ、おやおやお前、どこから紛れて来たのかな、などと声をかけているようにも思えてくる。（『初鴉』昭22）季語＝苗床（春）

27日

子を失ひし母われ今日を実朝《さねとも》忌

及川　貞

鎌倉三代将軍源実朝は二十歳代の若さで暗殺された。作者の子は、出征して還らなかった。若い身で逝かねばならなかった無念さに母は泣き、同じく理不尽に子を失った実朝の母に心を寄せてゆく。母は母でも子を失った母なのだという意識が、生涯作者を支配し続ける。「子の忌過ぎもう酸くないか蜜柑供ふ」（『終始』昭57）。生きていたら五十歳にもなろうという子に、酸くないか、と供える蜜柑。（『榧の実』昭30）季語＝実朝忌（春）

28日

ありがたき春暁母の産み力

森　澄雄

「二月二十八日誕生日　喜寿」と前書がある。平成八年作。作者はこの前年十二月二十一日に脳溢血で倒れ、左半身不随、終日臥床の身となられた。一命をとりとめ喜寿を迎えられたのはめでたきことだが、私だったら不運をかこちてしまいそうな境遇だ。作者は朝まだ暗いような時分に目を覚まし、七十七年前の今朝、母が渦中にあった産みの苦しみを思ってしみじみ感謝している。畏怖すべき命である。（『花間』平10）季語＝春暁（春）

29日

母の家の裏戸親しや梅の花　寺井谷子

娘宅から母の家まで六百五十歩の距離だとか。表へ回ると遠くなるが、裏戸から入ればそれだけですむのかもしれない。「母」とは二〇〇七年に亡くなられた「自鳴鐘」の横山房子氏であるから、結社の仕事などで六百五十歩を毎日のように通う暮らしだったことだろう。母の庭の梅が今年も咲きだした。昨日も今日もくぐったこの裏戸のかたわらに。明日も明後日も来る。その頃はきっと満開だろう。（『母の家』平18）季語＝梅の花（春）

三月

1日

まゝ事の飯もおさいも土筆かな

星野立子

近所の桃井さんちの小さな男の子が、玄関の敷居に置いた箱の蓋を俎板にしてひとりでままごと遊びをしていた。ただありのままを叙してみた、と『玉藻俳話』にある。「ただありのまま」と言いながら、男の子がひとりで、か、玄関云々という詳細を省き、土筆だけをクローズアップした確かさ。大胆な採択により背後に春の野原が広がる。作者二十三歳にして生涯初めて作った句。（『立子句集』昭12）季語＝土筆（春）

2日

子の手より生まれし土の雛かな

松下千代

「句集『浮動』を出したのが昭和六十一年。それより後のこととしか思い出せないけれど、ある年、妹がお土産に土雛をくれたの。それを見ていて浮かんだ句。手のひらに乗ってしまうような小さな小さな雛で、表情が素朴でなんともいとおしくて。そう、今もここにこうしてあるのよ」と電話の声が語った。子どもの小さな指でつまみ損ねてできたような雛を、手のぬくもりとともに渡されたように感じた。（「河」）季語＝雛（春）

3日

夜々おそくもどりて今宵雛あらぬ　大島民郎

大島さんちのパパは、年度末で多忙につき、連夜子が寝静まってからのご帰宅だったのだろう。それでも夜の奥にきらびやかに鎮座する雛を見ては、雛祭のその日には早く帰れるといい、などと思っていたことだろう。ところがある夜帰宅したら雛が無い。娘を嫁き遅れさせてはならじ、と大島ママがひとりで雛を納められたのだろう。ああ、今日は三月三日だった……。雛の不在で気付かされた事実。（『薔薇挿して』昭46）季語＝雛（春）

4日

あかんぼにはや踏《とう》青《せい》の靴履かす　飴山實

人の子は一年をかけてようやく直立歩行に到る。他の動物の子に比べるとかなりの時間を要するが、それでもその後の一生を思えば、最初の一年で遂げる変化のなんと大きいことか。この句のあかんぼはまだまだ歩かない月齢だろう。かわいらしい初めての靴はすでに準備が整っていて、まわりの大人は履かせてみたくてしようがない。早く歩けよ。柔らかな春の草を踏んで一緒に散歩しようじゃないか、と。（『花浴び』平7）季語＝踏青（春）

5日

啓《けい》蟄《ちつ》のいとし児ひとりよちくと

飯田蛇笏

「墨石庵」と前書がある。昭和六年の作。自身の子ではなく出会った子のようだ。わが子の場合、歩き始めを喜んだのも束の間、足の運びが少し変じゃないか、とか、すぐ這い這いに戻ってしまうぞ、とか、おかしな気がかりがたちまち湧き起こってくるものだ。何の思惑も無く、いとしくかわいらしく思えるのは、わが子より年下のよその子なのかも。啓蟄のお日柄もよろしく。(『山廬集』昭7) 季語=啓蟄(春)

6日

口曲げしそれがあくびや蝶の昼

清崎敏郎

作者が結婚をし、長男次男に恵まれた時期の句集である。不思議なものを見るような雰囲気が伝わってくるから、これはきっとご長男のあくびだろう。ほかほかの団子に竹べらでひょいひょいと目鼻を描いたような顔だなあ、などと思いながら見つめていると、口にあたる部分がぽっと開いて、くにゃと歪んだのだ。なんだ? あくびか! 赤ん坊もあくびをするという大発見。蝶のまたたく暖かな昼下がり。(『島人』昭44) 季語=蝶(春)

7日

吾子の口菠《ほう》薐《れん》草《そう》のみどり染め　深見けん二

「吾子誕生」の十七句が並ぶ。誕生は昭和二十九年夏。これは翌春の景であろう。離乳食の、滑らかにペースト状にされた元・菠薐草である。「菠薐草のみどり」とは鮮やかにして正しい表現だ。離乳の練習は生後四か月くらいで薄くのばした白粥から始める。食べるより遊ぶに等しい。だんだんいろいろな色に口元が彩られるようになっていく。さて今日のみどりは子のお気に召しただろうか。（『父子唱和』昭31）季語＝菠薐草（春）

8日

石捨てて子どもが帰る春の暮　日原傳

作者は中国哲学専攻の大学の先生である。既刊句集のタイトルにも『重華』『江湖』『此君』とふさわしい雰囲気が漂う。この句は、日脚が伸びてきて、遊びを切り上げるきっかけを失しかけていた子どもの景だろう。さっきまで体の一部のようにして遊んでいた石を、置くのではなく捨てることでしかふんぎりをつけることができないのだ。子の無情の有情。（『江湖』平14）

季語＝春の暮（春）

9日

淋しさはわが子と遊ぶ春の暮　岸本尚毅

父というのは根元的に淋しいものだという。母と子には臍の緒が切れた後もどこかつながっている実感があるが、父にはそれが無い、と。産んだ覚えがないのに自分に似た面差しのチビがいるというのは、確かに不思議な感じだろう。母である私としてはそう肯うよりほかはない。あれはしみじみ淋しいですよ、と言われたら、こんな幸せが許されてよいのだろうか、と受けとめておくことにしよう。（『健啖』平11）季語＝春の暮（春）

10日

春夜の子起しておけばいつまでも　阿部みどり女

大正十一年作。寝るべき時刻が来て寝床に入るのは、子の自らの意志というより母の段取りによるものだ。蒲団を敷いて、着替えをさせて、歯の仕上げ磨きをして、約束の絵本を読んで……。一連の儀式を経ることによって、観念して子は眠る。起しておくとは、儀式の執行がまだということ。大正の昔も平成の今も、うちの子もよその子も、子が絶対的に幼き者である間はみんなこんな感じなのだろう。（『笹鳴』昭22）季語＝春夜（春）

11日

児の笑顔寝顔にかはり宵の春

福田蓼汀

「きこきこと乳母車野を行けば蝶」と並ぶ。昼間乳母車に乗って野遊びに出かけたようだ。楽しい時間を過ごして戻り、いつにもましてご機嫌な子ども。ふと訪れた濃き静寂に、見るとうとうと寝入っていくところ。笑顔の名残を口元に漂わせて。この句に続くのは「いとけなき腕に種痘の華四つ」つい最近ひと泣きしたばかり。昭和十五年作。虚子が序に「朗々誦すべき句」として挙げた作品のひとつ。（『山火』昭23）季語＝春宵（春）

12日

囀《さえずり》の空や子供の手を離す

高浦銘子

作者とは家が近所、句会で一緒、更に結社誌の校正も共にする昨今である。近すぎると見えないことも多いだろうが、この句を推してみたい。本人曰く「わが子を愛することは自分を愛することに思えて、それをおおっぴらに見せるのは恥ずかしい」。だから意識的に冷たく詠むと言うが、子育てにおいては守ることより放つことのほうが難しい。計ったタイミングが囀の候であったとは、なんと大きな母の愛。（『水の記憶』平12）季語＝囀（春）

13日

雲雀野や赤子に骨のありどころ　飯田龍太

ごく若い時分には、赤子とは乳臭いマシュマロのようなものと思っていた。だから本当に生まれ出たばかりの赤子を抱いたとき、骨と内臓といささかの肉に皮をかぶせたほどのものであることに驚くとともに、その精巧な構造にしみじみ感じ入った。ああ、子を生むことが自分で設計して組み立てることでなくてよかった。私は何もセットしていないのに、あら不思議、さまざまなシステムが自動制御で稼働中。（『遅速』平3）季語＝雲雀（春）

14日

父母のしきりに恋し雉の声　芭蕉

『笈の小文』は貞享四（一六八七）年十月から翌年へかけての芭蕉の上方旅行記。ふるさと伊賀で年を越し「旧里や臍の緒に泣く年の暮」「さまざまの事おもひ出す桜かな」を詠んだことでも有名である。この句は高野山にて。雉の哀切な鳴き声に、出立したばかりのふるさとを、亡き両親を想う。このとき芭蕉は四十五歳。あらイヤだ、私より若いじゃない。「子」としての肉声がより近くで聞こえ出す。（『笈の小文』）季語＝雉（春）

15日

母とゐる朝のしづけさ涅槃雪

朝妻　力

おそらく日頃は遠く故郷を離れ、自ら新しく築いた家庭で賑やかな朝を迎えておられるのだろう。母はひとりで故郷の家を守る、そんな状況かもしれない。自分を育んだ家に老いた母とふたりきりの朝。静かだと思って外を見ると雪が。そうそう、涅槃の頃になっても雪の降るのがわが故郷であったなあ。この句には「同人総会　新潟二句」と前書がある。実家に泊まって親孝行のできる用事があったのだ。（『晩稲田』平13）**季語＝涅槃雪（春）**

16日

一人づつきて千人の受験生

今瀬剛一

受験生といってもいろいろだが、千人規模であれば大学の入試であろう。幼小中のお受験ならば付き添いの親が不可欠だが、この句には単身でそれぞれの覚悟を抱いて来たような雰囲気もある。実際「髭剃れと言へばすぐ剃り受験の子」と並んでの所載。この素直さというか必死さは、大学入試前とリクルート中くらいのものではなかろうか。無事桜が咲くと、あっと言う間に変貌するのが玉に瑕。（『仲間』平5）**季語＝受験生（春）**

17日

合格を決めて主審の笛を吹く

中田尚子

作者は中学校の教師である。この句集には、いきいきした中学生と彼らを率いることを天職と定める作者の姿が鮮しい。受験準備のために部活動から引退した三年生が、進路を決めて晴れ晴れと戻ってきた。懐かしい古巣であるが、新しい体制がすでに進行中であるから、つとめるのは審判役だ。先輩の自信をもって吹く笛に、後輩たちは安心してプレーする。頼りになる三年生が、更に大きく見えるとき。(『主審の笛』平15) 季語=合格(春)

18日

ひとりづつ抱きしめられて卒園す

山本あかね

幼稚園とは一生に三度ご縁を結ぶ。初回は園児として。これを等身大の幼稚園とすると、二度目は親としてミニチュアの幼稚園、三度目は祖父母世代のノスタルジックな幼稚園である。略歴から想定するに作者は三度目の立場に近い。子として親として当事者のときには当然としか思っていなかったものが、一歩離れたゆとりの視野には別の光を帯びて映る。「ひとりづつ抱きしめ」とはまさに卒園の景。(『大手門』平19) 季語=卒園(春)

3月

19日

卒業の空のうつれるピアノかな

井上弘美

作者はこの句集の時代を高校教師として、思春期の若者たちの中に過ごした。若者といえば躍動感や有り余るエネルギーを連想するが、作者はエネルギーが充填されていくときの静謐さに惹かれていたように感じる。卒業の日のために磨き上げられたピアノも、まだ鳴っていない。青空を映してその時を待っている。ピアノという静から動へ転換するものに空を見たところに、作者の静かな意志を感じる。（『あをぞら』平14）季語＝卒業（春）

20日

童子あり熱き彼岸の団子あり

成田千空

今日は彼岸のお中日、春分の日。太陽が真東から出て真西に沈む昼夜の時間の等しい日。夏至に向けて昼の時間がどんどん長くなる。寒からず暑からず、外遊びの子どもたちに嬉しい季節の到来だ。この句は「雨だれと湯だまの音の春彼岸」と並ぶ。お彼岸の寄合行事は雨の中決行された模様。外に行けないのはあいにくで……、いやいや、子どもの目はさっきから山盛りで熱々の団子に吸い付けられている。（『人日』昭63）季語＝彼岸（春）

21日

水草生ふ水深きことかなしまず

山口青邨

作者八十九歳の第十一句集。大学の先生でいらしたから学生をモデルにした句も多く、中でも「卒業」の句は生涯に三十五句あるという。この句は句集には「皇居和田倉門あたり」として収められているが、卒業生によく贈られたと聞いたことがある。学業の成就と新たな出発を「水草生ふ」と寿ぎつつ、「でもね、この先がなかなかなのだよ」と。人生の達人から次世代を担う者への深い言葉。(『繚乱』昭56) 季語＝水草生ふ(春)

22日

野道行けばげんげんの束のすてゝある

正岡子規

子規は年別四季別季題別に分類清書された草稿を作っていたが、自ら句集を刊行したことはない。全集や選句集は死後幾たびか編まれているが、研究調査の結果を反映させて句数が増えていたり、選者の方針によって所収内容が異なっていたりする。この句は明治三十年作。病床でかつて見た景を思い描いているのだろう。捨てて行ったのはたぶん子ども、と思うがどうだろう。(高浜虚子編『正岡子規句集』昭16) 季語＝紫雲英(春)

23日

若き心にともされし灯や復活祭　原　月舟

復活祭は春分後の最初の満月の次の日曜に行うキリスト教の祭事。イースターと言ったほうが今の私たちには分かりやすいだろう。月舟は大正初期に「ホトトギス」の課題句選者を務めた慶応出の俊秀。当時としては新奇なこの季題にも、まさに若き進取の精神で取り組んだのだろう。将来を嘱望されつつ病に斃れ、灯が消えるように三十二歳で死去。句集は遺句集である。（『原月舟全集』大11）季語＝復活祭（春）

24日

兄妹の相睦みけり彼岸過《すぎ》　石田波郷

『風切』は作者二十六歳から三十歳までの作品を四季別に収めた句集。有名な「初蝶やわが三十の袖袂」が春の部にある。結婚、長男誕生と人生の華の時期にあたる。この「兄妹」とは作者自身を含む三兄妹を指すようだ。睦むといってても子がじゃれあっているわけではない。久しぶりに三人が揃って幼時の関係を再現しているような、ゆるい空気が漂う。作者のこの先の人生を思うとほっとする句でもある。（『風切』昭18）季語＝彼岸過（春）

25日

里の子の肌まだ白しもゝの花　千代女

「朝顔に釣瓶とられてもらひ水」で有名な加賀の千代女である。芭蕉より一世代ほど下の俳人。桃の花期は梅のあと桜の前。そんな春爛漫の候になったが、里の子はまだ桃の花色が映るような白い肌をしているというのだ。山の子や海辺の子ならばとうに日焼をしている、いやむしろ年中日焼し通しである。里の子というのは、今の都会の子に近いニュアンスなのだろうか。明るい日差しに思わず目を細めて。（『千代尼句集』）季語＝桃の花（春）

26日

湯に立ちて赤子歩めり山桜　長谷川　櫂

『果実』は作者が藤沢の自宅に家族を残し、単身で関西へ赴任されていた時期の句集。西国篇、東国篇という楽しげな章立てになっている。この句は東国篇の所載。一歳の誕生日も近く、そろそろ立って歩くことを試み始めている子であろう。湯の浮力のおかげで、いつもは難儀な「たっち」も「あんよ」も今日はらくらく。上手にできて、褒められて、ご機嫌の笑顔に山桜の花影が映る。花どきの幸せの一景。（『果実』平8）季語＝山桜（春）

27日

さくらどき裏返しては嬰を洗ふ　平井さち子

嬰児の湯浴み。母親学級で人形で教わったときにはたやすいことと思えた。それがいざ本物を取り扱う段となっては、まず頭の中でシミュレーションを繰り返し、そこら中にタオルや肌着を広げ、「よし！」とばかりに始めたのであった。日に日に重くなる嬰に四苦八苦して。ところが次女のときには、裏返したり表返したり、最初から人形のごとき扱いだった。この句の嬰も第一子ではあるまい。（『鷹日和』平2）季語＝花どき（春）

28日

花三分睡りていのち継ぐ母に　黒田杏子

さきの句集『一木一草』までは輝かしいスピードで此の世を飛び回られている印象であったが、『花下草上』では身のうちの深いところで何かが響き始め、領域が彼の世にまで広がったかのようである。作者の人生に大きな影響を与えた人々との別れを重ね、句にとどめることで自身の人生を更に深めておられるようだ。この句は平成十四年作。母との別れが近いことを知りつつ、祈る思いの娘である。（『花下草上』平17）季語＝花（春）

29日

じつによく泣く赤ん坊さくら五分

金子兜太

赤ん坊というのはそもそもよく泣くものなのである。わざわざ言うまでもないことを言ってみたくなるほど泣いているのだろう、この子は。昨今では泣きやまない赤ん坊を投げて殺める親がいるらしいが、この句にはそういう神経質さは無い。おうおう、泣きたいか。そうか、泣きたきゃもっと泣け。ほうら、びっくりして桜も五分まで開いたぞ。もうひと泣きで満開だ。そんな声が聞こえるようだ。（『東国抄』平13）季語＝桜（春）

30日

みどりごのてのひらさくらじめりかな

野中亮介

愛しさをこめて「もみじのような手」と言うが、生まれたての赤子の手はもみじではなく固いこぶしだ。まだ肉が十分についておらず、意外に長く見える指の先には、小さな小さな爪がちゃんとセットされている。ときには爪の色が白くなるほどきつく結んでいることもある。ノックすると、ぴらりと開いておとなの指を握り込む。しっとりとあたたかい指に巻きつかれ、幸せがじわじわと全身に広がってゆく。（『風の木』平9）季語＝桜（春）

31日

母と子に父と子に花咲いてゐる

津高里永子

大阪のどこかの桜祭だった。お約束のように家族連れで賑わっていた。そんな中、母と子、父と子の二人連れが妙に気になった、という。「さびしそうに見えた」と。花と一体になっている家族連れの空間に対し、二人連れの纏う空気は静かに澄んで、花はその空間の外側に咲いている。混じり合わない空気の層、それが外から見たときのさびしさなのではなかろうか。その分花は美しく咲いていそうだけれど。（『地球の日』平19）季語＝花（春）

四月

1日

おさなごの永きいちにち花ふぶき　池田澄子

昭和六十二年作。前年の作に「娘の産みし児よ小春日のおちんちん」がある。見なれないものがある、と目を丸くしているような句だ。花ふぶきの句では、おさなごの時間は駘蕩として豊かに流れ、一日一日をたっぷりと重ねて育っていくのだろうなあ、と目を細めている。大人になるにつれ、一日も一週間も一年ですらどんどん短くなってゆく。おさなごと花ふぶきを浴びるひとときよ、ゆるやかにあれ。（『空の庭』昭63）季語＝花吹雪（春）

2日

花吹雪抜け全速の三輪車　対馬康子

「月の子」の章所収。初めての身籠もりに始まる三年間の思いが詰まる。這えば立て、立てば歩めの時期を過ぎ、買い与えたぴかぴかの三輪車。おずおずと跨ったのはまだ昨日のことのようなのに、何？　今すごい勢いで通り過ぎたのは？　もちろんこれは主観的な速さである。子はペダルの回転数を上げるのに一生懸命で、母は日に日に乗りこなしてゆく勇姿に歓喜のまなざしを向ける。Bravo!　花がふぶく。（『愛国』昭61）季語＝花吹雪（春）

3日

夜桜に寄せオートバイまだ熱し　奥坂まや

高校生の長女のかつての同級生に久しぶりに会うことがあると、まさに息をのむ昨今である。なにしろ女の子は妙齢の女性と呼べるものになっているし、男の子はなかなかイイ男ぶりだったりするから。娘ふたりの母である私には、ことに男の子の変貌ぶりが珍しく興味深く。中にはバイクが欲しいとのたもう輩もいて、まったくもって驚いて腰が抜けそうだ。まだ昨日まで三輪車に乗っていたじゃないの、と。（『列柱』平6）**季語＝夜桜（春）**

4日

子供らの何かたくらむ花の下　野木藤子

ちょっと智恵がついてくるとすぐこれだ、子どもってやつは。さっきまでわーわー騒いでいたのに、急に静かになって。小さな頭を寄せ合って、ひそひそ話し合いの真っ最中だ。裏山の秘密基地へ行く？　それとも蛙の卵を見に？　リーダー格のちょっと大きい子を中心に、ちゃんと統率はとれている。たくらみの結果が泥だらけということもあるけれど、待っていてあげよう。花の下に出て。（『一花』平16）**季語＝花（春）**

5日

花万朶をみなごもこゑひそめをり　森　澄雄

句集名になった「白小」とは小さな白魚のこと。杜甫五十五歳の五言律詩に由来する命名という。「花の京洛二十五句」と前書がある。女の子の声はよく通る。家の中で話していても、近くの辻まで聞こえるくらいだ。ことさらハイトーンにしているつもりがなくてもそうだから、テンションが高まったときには大変。そんな女の子ですら思わず声をひそめるほど、美しく気高く咲き満ちている桜である。（『白小』平7）季語＝花（春）

6日

入学の吾子人前に押し出だす　石川桂郎

「入学の吾子の髪なり父が刈る」床屋を生業とする作者に髪を整えてもらったこの子は「入学の吾子の頭青く後前《あとさき》す」と、はにかみっ子であったようだ。ずっと抱いていたいような愛し子なればこそ、こういうとき、すいっと入って行ってくれないと親ははらはらし通しだ。それ行け。とうとう強硬手段をとられて押し出されたのは作者の長男。六年後「卒業歌青き吾子の頭見当りぬ」やはり青い頭で卒業。（『含羞』昭47）季語＝入学（春）

4月

7日

新入生大きな空が待つてゐる　　島田万紀子

建物の上の空を意識したのは小学校入学のときだった。校舎も校庭も急に大きく広くなって、友だちも無限大に増えた気がした。桜の樹も幼稚園のより立派で、見上げたとき大きな空と思ったのだ。その大きさが当たり前になったころ、中学校の更に大きな空の下へ進んだ。それがつまり成長ということなのだという自覚は、特になかったと思う。新入生、いい響きだ。心の中の空も大きくふくらんで。（『鷹匠』平19）季語＝新入生（春）

8日

犬が来て母と子が来て甘茶仏　　阿部和子

この犬は飼い主に付き従って歩いたりはせず、行き先を察知して猛進するのに違いない。子どものころ飼っていた犬がこのタイプで、よくフェイクをして遊んだものだ。犬に続いて母子が同時に来るのだから、子はまだ手をつないで歩く年ごろか。わんわん速いね、などと言いながら。もう少し大きくなると、犬を追いかけて子、子を追って母が喘ぎながら到着ということになるのだから。（『神稲』平19）季語＝甘茶仏（春）

9日

莫蓙《ござ》の上の母を標《しるべ》や野に遊ぶ　不破　博

かつては幼い娘ふたりを連れてよく歩きまわったものだ。電車で二時間くらいまでなら平気で行けるよう、マナーを厳しくしつけもした。広い野原に着いて解き放つと、しばらくは荷を置いたシートの辺りに漂っているのだが、じきに行動半径が大きくなってたちまち豆粒ほどになる。ときどき消えることもあったが、母の姿が見えるところまでという約束を思い出しては軌道を修正していたようだ。（『鎌倉山』平7）**季語＝野遊び（春）**

10日

野遊びや子供の中にゐて本気　山本かず

子らと遊ぶとき、親はそのパワーを十分受けとめられるくらい強くなければならないが、うち負かすほど強くてもいけない。このさじ加減は存外難しく、ことに自分も一緒になって楽しみ始めたりするとまずい事態に陥ることがある。親が負けず嫌いだったりするともっといけない。思わず知らず夢中になっている自分にふと気づくと、なんだか照れ臭いが、それは新鮮な発見でもある。（『水明り』平15）**季語＝野遊び（春）**

11日

雨のあと遠足が来て駅濡らす　鷹羽狩行

遠足は秋にもあるが、やっぱり春のものだろう。新しいクラスでの初めての行事だから、楽しい中にも緊張感が漂って、それがまた新鮮なのだ。歳時記的には、野遊びの伝統を踏まえた行事である。この句は初めて関西で暮らし始めたころに読んだ。新居の最寄りの阪急電車の駅はこぢんまりしていて、さっと雨が降るだけですっかり濡れた。そういうときいつも、遠足が、と呟いていた気がする。(『十友』平4)季語＝遠足(春)

12日

遠足の列大丸の中通る　田川飛旅子

昭和二十四年作。十七年の長女に始まり、三男一女に次々恵まれた時期。外でも子らの姿に目ざとくなって、うちの子と同じくらいだ、とか、いずれうちの子もあんな風に、とか、何かとわが子に思いが走っていたことだろう。そんな折、野原の真ん中ならぬ大丸デパートの中で遠足の列に遭遇したのだ。目を丸くしたり細くしたりして、最後のひとりが通過するまで見守っていたに違いない。(『花文字』昭30)季語＝遠足(春)

13日

人の子の花の十三参かな　　松根東洋城

十三参とは、四月十三日に十三歳の少年少女が智恵と福徳を願って、京都嵯峨野法輪寺の虚空蔵菩薩に盛装して詣でること。参詣の帰りに渡月橋を渡るとき、振り返ると授かった智恵を失うという。橋を渡りきるまで喋ってはいけないという説もあるらしく、ある人は「お喋りな子を持った親はたいへん」と言っていた。作者は少なくともこのときは傍観者。皆めかしこんで春だねえ、と。（『渋柿句集　春』昭8）季語＝十三参（春）

14日

驢《ろ》馬《ば》に乗る子に長江の日永かな　　松崎鉄之介

作者は平成八年から十二年までに五度の中国行を果たされたという。この句は平成九年の作。馬で馳せるのではなく、驢馬にまたがってゆらゆら進む。桃源郷のような一種異次元の空間を思う。長江も、時間も、急がずたゆまず悠々と流れる。かつて山口青邨が「たんぽゝや長江濁るとこしなへ」と詠んだのは昭和十二年。ここには半世紀経っても変わらぬ世界がある。驢馬も子どもも陽炎に包まれて。（『長江』平14）季語＝日永（春）

15日

花杏受胎告知の翅音びび　川端茅舎

『定本川端茅舎句集』は、『川端茅舎句集』『華厳』と『白痴』以降の作品を虚子が改めて選句したものをあわせて、作者の死後刊行された。この句は「ホトトギス雑詠」から。絵画の「受胎告知」にある象徴としての白百合は、静謐、敬虔、そんな感じ。対して花杏は庶民的、健康的でなんとあからさまに喜びを表明していることか。びび、の耳をくすぐる音も、こみあげる嬉しさを表して的確。（『定本川端茅舎句集』昭21）季語＝杏の花（春）

16日

見え初めし子の目にうつり春の雲　石塚友二

かつて私の弟は、母の胎内には裸電球が灯っていたと言い張っていた。私にはそんな記憶も、生まれて初めて見たものの記憶もない。空を見ているこの子の目には白い雲が映っている。雲の動きはゆっくりだろうが、赤子の目が確かにそれを追っていることが作者にはわかるのだ。それにしてもこの子は、青い空に浮かぶ白いほっかりしたものを何だと思っているだろう。（『光塵』昭29）季語＝春の雲（春）

17日

声立てぬ赤子の欠伸《あくび》雁帰る

秋元不死男

俳句事件に連座しての獄中句を収めた先行句集『瘤』とは異なり、波風のない平凡な生活の中で句を作ってきたことが嬉しい、とあとがきにある。有名な「鳥わたるこきこきこきと罐切れば」は『瘤』の所収。さあ今からと明るい明日へ向かう句だというが「こき」の三乗が切実。対して乳臭い命のかたまりがこの世の空気をほわほわと吸い取る「欠伸」は平和。雁も安心して帰ることができるというものだ。（『万座』昭42）季語＝雁帰る（春）

18日

よき松に赤子あづけぬ大干潟

中西夕紀

子と一対一で向き合えるときは何のさわりもない。が、一方の相手をしつつ他方の世話をするとなると、母とて千手観音ならぬ身、どちらかが少し待ったり我慢をしたり。汐干狩の日、ころあいの松を見つけた母。眠って地蔵になった赤子を寝かせ、上の子と干潟のほうへ。後ろ髪をひかれつつも、上の子の素直な歓声がうれしい。松の乳母《めのと》よ、すぐ戻るからお願い、しばらくこの子をここで眠らせて。（『さねさし』平14）季語＝干潟（春）

4月

19日

乳呑児のしと三秒や梨の花　　三橋敏雄

乳児の日光浴の項が母子手帳から削られたと聞いて久しいが、わが家の次女は首も据わらぬうちから長女の外遊びにつきあい、日の光を浴びまくって過ごした。暑くて蒸れるときは、布の襁褓を敷いただけで寝せていたこともある。姉は遊びに夢中、妹はくったり眠って平和な時間。気配にふと見ると、襁褓の上に泉の湧くさま。ほんの一瞬。こんこんときらめく美しいものを見たと思った。（『畳の上』昭63）季語＝梨の花（春）

20日

陽炎の張りついてゐる干《ほし》襁褓《むつき》　　黛　執

乳呑児はいい匂いがする。使用済みの襁褓であっても嫌な匂いではない。三秒で済むちまちました用足しを繰り返すから、布の襁褓を積んでおいて惜しげもなく取り換えてやるのがいちばんだと思う。さっと濯いだあと襁褓だけで洗濯機を回せば、手が荒れることもない。よく晴れた日は柔らかくいい匂いに干し上がる。いつか私がおばあちゃんになる日が来たら、布襁褓の幸福感を伝えてみようかと思う。（『野面積』平15）季語＝陽炎（春）

21日

ねむい子にそとはかはづのなく月夜　長谷川素逝

『定本素逝句集』には昭和六年から二十一年までの全作品から二百五十句を作者自身が選んで収めている。そのとき作者の容態は最悪だったようで、もし生き永らえることがあったら云々とあとがきにある。この句の初出は『ふるさと』であるが、『定本』にも収められている。ねむい子はぐずっていたろうか。蛙の聞こえる夜だから、じきに幸せな眠りが訪れたことだろう。作者は定本の刊行を待たずに逝去。（『ふるさと』昭17）季語＝蛙（春）

22日

夜はねむい子にアネモネは睡い花　後藤比奈夫

今も後ろのソファで、わが家の長女は口を開けて眠っている。高校へは部活動のために通っているようだが、朝練のため五時半起床ということもあって、帰宅すると夕飯もそこそこにくーかくーかと高鼾である。赤ん坊のころからよく眠る子ではあった。アネモネ、この語感はたしかに睡い。見えない蜘蛛の巣がかかったような顔つきになって、睡魔に絡め取られてゆく。眠いでなく睡いのも、実にねむい。（『初心』昭48）季語＝アネモネ（春）

23日

あかんぼや春宵の酒壺《しゅこ》抱くごとし　大石悦子

あかんぼは今眠りの世界に入りつつある。母は静かに揺らしつつ、あかんぼが眠りの重さになっていくのを両腕で感じとっている。あかんぼの寝息はえも言われぬ佳き香りがする。あの重さとあたたかさ、そしてそこはかとなき芳しさ。酒壺の喩えは完全無比だ。あかんぼと酒、もっとも遠そうな取り合わせでありながら、壺の一文字が加わったことにより、うっとりするような風情を醸し出している。（『耶々』平16）**季語＝春宵（春）**

24日

海《かい》棠《どう》に乙女の朝の素顔立つ　赤尾兜子

『玄玄』は未刊の第四句集である。上梓を計画し、句集名を周囲に告げたりもしていたが、自ら作品を選別することなく急逝したため、結果昭和五十年以降の全作品を収録したという（『赤尾兜子全句集』昭57）。海棠は「睡れる花」という異名をもつ。この乙女はまだ睡そうなのかもしれない。化粧でくっきりした顔ではなく、ほんわりとあどけない素顔。若い素肌に海棠の薔薇色が映える。（未刊句集『玄玄』）**季語＝海棠（春）**

25日

鳥雲に娘はトルストイなど読めり　山口青邨

終戦間近の昭和二十年の作。当時作者は五十三歳で、長女十八歳、次女十六歳。どちらのお嬢さんでもあり得る話だ。まだまだ子どもだと思っていたのにもうトルストイを読むようになったかと驚き、喜ぶ。が、たちまち子が遠くなったような寂しさが父の心をよぎる。「子の書架に黒きは聖書鳥雲に　安住敦」これも「鳥雲に」。紛れもない現実を前にした父は、みな遠まなざしになるのだろうか。（『花宰相』昭25）季語＝鳥雲に（春）

26日

寝袋をかつぎ黄金週間へ　滝沢伊代次

「風」誌五十周年を寿ぐ思いをこめて刊行した第五句集。句集名は「一つづつ頷き食める開豆」より。豆好きの私としては同志を見つけた思い。この句、私は子どもの句として味わいたい。娘がトルストイなら息子は寝袋、の心。じゃ、ちょっと行ってくるから、とか言って息子が出かけてしまったら、残された母は頼もしいと思うのだろうか、それとも……。息子のいない私には永遠の謎である。（『開豆』平8）季語＝黄金週間（春）

27日

逃水をちひさな人がとほりけり

鴇田智哉

小さいからといって子どもとは限らない。が、大人なのに「ちひさな人」なのではなく、子どもだけれど「ちひさな人」と読んでみたいのだ。逃水のゆらゆらにすっぽり収まってしまうほど小さい。けれども小さいというだけで、すべてのパーツが揃い、言うこともすることも一人前で……。今でもときどき、自分の子どもの存在が夢の中のことのように思うことがある。父親はどう感じているのだろう。（『こゑふたつ』平17）季語＝逃水（春）

28日

原爆地子がかげろふに消えゆけり

石原八束

昭和二十二年作。「原爆によって廃墟となっていた長崎の風景には、陽炎のもえたった中に、亡霊の群れがたちこめているようなかなしい時代の真実があった」と自解する。作者が当時勤務していた三菱重工業の関係者が数千人規模で爆死した事実も背景にあるという。この世が一瞬であの世になる。この世とあの世とは遠く隔たったものではなく、間にはただ陽炎の揺れる層があるだけ、なのかもしれない。（『秋風琴』昭30）季語＝陽炎（春）

29日

天皇の通りし道の逃水追ふ　吉田汀史

天皇誕生日からみどりの日になって、今度は昭和の日になった「今日」。平成生まれのわが娘たちにとっては学校の授業のない日でしかないが、戦時中に国民学校で御真影を拝して育った作者の世代には、良かれ悪しかれ昭和天皇にまつわる思い出の詰まった日に違いない。天皇御一行の通り過ぎた道は、おそらく町でいちばん良い道。太くまっすぐな道を遠ざかる影が、たちまち陽炎に閉ざされて。（『一切』平14）季語＝逃水（春）

30日

をさないに花むしらるゝけまん哉　一《いち》鷺《ろ》

華鬘草、別名鯛釣草。超小型の鯛焼が並んだような姿が好きで、引越してきて早速植え込んだ一株がわが家にもある。寒い間は地上に何もないが、夏が近づくとお約束のように花を揺らす。葉が牡丹とそっくり。東京上野の牡丹園では牡丹に交じって咲いていた。もっとも牡丹は木だから冬も存在するし、悪童とて花をむしったりしないだろう。一鷺は伊賀蕉門の俳諧師。『ありそ海』には夏の部に所収。（『ありそ海』）季語＝華鬘草（春）

五月

1日

茶摘女と同い年なる茶の木かな　田中裕明

茶摘女の「あかねだすきにすげのかさ」からは初々しい頤とのびやかな手足がのぞいているに違いない。その娘が生まれた年に植えられた茶の木の若芽を、若い指先が摘んでゆく。三人の娘の父でもあった作者は、輝かしく成長してゆくわが子の姿を思わず重ね合わせて見ていたに違いない。同い年の響きがいい。でも私と同い年の田中さんは、もう一生分の仕事を遂げられて、逝ってしまわれた。（『先生から手紙』平14）季語＝茶摘女（春）

2日

行春の出費迅速子は育つ　清水基吉

「春泥や父として通る面映ゆし」は「昭和二十八年三月二十八日　一子誕生」のときの句。同年の作だから、この子はまだ首も据わらない赤ん坊である。泣いて飲んで出す以外は寝ている時期だから、実は手間いらずなのだが、そんなことに気づくのはもっとあとの話。今は初めての子に夫婦で右往左往しているのだろう。お金もかかる。わが家でも毎年同じことを言っている。行春の実感だ。（『宿命』昭41）季語＝行く春（春）

3日

草餅を子と食ひ弱くなりしかな

石田波郷

先行の『惜命』が生命の緊張の中から溢れ出た句集とすると、『春嵐』は弛緩の裡に生まれたもの、とあとがきにある。子と草餅を食べることはささやかな幸せである。そんな幸せを通して、もう以前の自分ではないと思い知らされたのだ。自分も弱くなったが、それ以上に子が成長したのである。子の成長に加速度がつくと親としては眩しく嬉しいが、ときにはおそろしく妬ましいこともある。(『春嵐』昭32) 季語=草餅(春)

4日

みどりの日雨のディズニーランドかな

山田みづえ

今年から五月四日がみどりの日です、と言われたときは奇異に感じたが、今はむしろふさわしい気がしている。日に日に緑が濃くなってゆく時節だから、夏に近い今日のほうがそれらしい。都合で休日にされた今日だったが、名前を得て正統な休日の仲間入りをした。もっともこの句は平成五年作だから四月二十九日のほうである。雨のディズニーランド。恨めしげに天を仰ぐ親子連れの影が見える。(『榲桲《まるめろ》』平6) 季語=みどりの日(春)

5日

子供の日すべり台よくすべりけり　成瀬櫻桃子

子らにとっては毎日が「こどもの日」だ。端午の節句と言われれば、一年に一度だと納得もできようが。おとなは、今日以外はおとなの日だと思っているのだろう。でもまあよい。今日だけはおとなもおおっぴらに子どもになれる日なのだから。とはいえ、いくらなんでもひとりじゃ恥ずかしいよ。すべり台、いっしょにすべってくれないか。今日は子どもにかこつけて日頃の願望を果たす日でもある。（『風色』昭48）季語＝こどもの日（夏）

6日

子に母にましろき花の夏来《きた》る　三橋鷹女

わが庭ではこでまりともっこうばらの盛りが過ぎ、ジャスミンが猛然と咲き始めている。まもなく忍冬と柚子の花も薫り出す。年ごとにひとまわりずつ大きく咲き出す梅花うつぎの今年の花も気がかりなところ。はつなつ、私のいちばん好きな季節。花粉も飛ばなくなってみどりの空気がおいしい。花もこの時期何色に咲くのがいちばん美しいか、知っているに違いない。素直に喜びを表せる季節の到来だ。（『白骨』昭27）季語＝夏来る（夏）

7日

子の髪の風に流るる五月来ぬ　大野林火

昭和十三年、横浜山下公園での作。娘を連れて夫婦でよく出掛けた、と自解にある。「おかっぱの玲子が駈けると髪の毛が流線型になびく。それが可愛ゆくてこの句となった。『五月来ぬ』には初夏のよろこびがあるが、私には子供の成長のよろこびもあった」。五月はよろこびの季節。作者に限らず可愛い子の成長はよろこびであるが、それを手放しで表明しても弛緩しないのは、五月だからに違いない。（『海門』昭14）**季語＝五月（夏）**

8日

子に五月手が花になり鳥になり　岡本眸

昭和六十三年三月から平成元年二月の一年間「俳句とエッセイ」に毎号連載した三十句を中心にまとめあげた、一年間の作品集であるという。なんて濃密な一年間だろう。春夏秋冬の四部構成。この句は夏の部の冒頭にある。手遊び歌遊びの母子であろう。ぐーちょきぱーで　なにつくろー♪とか、これっくらいの　おべんとばこに♪　とか。みどりの風に子の手の咲かす花が揺れ、鳥がはばたく。（『手が花に』平3）**季語＝五月（夏）**

9日

遠き日の花桐の下少女過ぐ　小島俊明

作者はフランス文学者で詩人である。『星の王子さま』の新訳にも取り組まれた。岐阜のご出身とのことだから、この句は岐阜での思い出だろうか。いやいや、同じく岐阜産の私としては、フランスでの景として読みたい。遠い異国の花桐の下を異国の少女が過ぎる、と。この三月、パリで桐の木を見た。マロニエはすでに葉を吹いていたが、桐はまだ裸木だった。今頃はもう花を降らしているだろうか。（『花桐』平19）季語＝桐の花（夏）

10日

揚羽より速し吉野の女学生　藤田湘子

きりっと少年風だったわが家の長女も、すっかり今どきの女子高生と化した。女学生なんて死語だね、と嘆くことすらすでに無くなったが、まれに思わず視線がついていきそうになる「女学生」を見かけることがある。たぶん纏っている空気の色が違うのだ。あえて言えば、はつなつの色。彼女が動くとまわりの空気もさーっと尾を曳いて流れる。揚羽より速し。女学生も、そのみどりの残像も眩しい。（『春祭』昭57）季語＝揚羽（夏）

11日

母の日や地球より海溢れさう　今村妙子

海という漢字には母があるという詩がある。CMも見たことがある。ふらんす堂の十八番フランス語でも海と母は同じ音だ。太古の海の生命誕生の図を思い出すまでもなく、海と母には普遍的に共通するイメージがある。そして「母なる大地」地球も母だ。この句には「母」が三つある。子として母を想い、母として子を想う。母の日とはそんな日なのかも。このおおらかにして豊かな句を前にそう思う。（『香水瓶』平20）季語＝母の日（夏）

12日

そら豆剝く子等育ちゐし日のごとく　斉藤節

そら豆の季節になると「そら豆はまことに青き味したり　細見綾子」を思い出す。茹で上げたそら豆のまみどりには透明感すら感じる。「風」の同人でいらした作者も、毎年「まことに青き味」と呟きつつ、莢の内側のふわふわに指をくぐらせたことだろう。かつては子等に囲まれてにぎやかに。作者の「子等」は男二人女三人の五人。ちょうど真ん中が「藍生」主宰の黒田杏子氏である。（『後の月』平9）季語＝そら豆（夏）

13日

苺置き辞書おき子の名選ぶなり　　皆吉爽雨

「孫司生る」とある。皆吉司氏の名は、苺と辞書を左右に置いて選ばれたものなのかと羨ましく思う。作者はこの孫との関わりを通して、子とは「みずからが無心となって遊ぶことが大切」であり、そのことは「句を得ようとして向きあう自然」との関係においても同じだと気づいたという。「自然という相手と、虚心に正面きって向き合うて、やがて、微笑が交わせた時に俳句は生れる」。至言である。（『三露』昭41）季語＝苺（夏）

14日

子の皿に塩ふる音もみどりの夜　　飯田龍太

昭和四十一年作。「外界の新緑を意識のなかにおさめて、目の前の真白な皿に目を落とした句」と自解する。「静かな山峡では、物の音があればあるほど静けさが深まるのだ。皿に散る食塩のかすかな音もそのひとつであった」。「みどりの夜」、作者はこのフレーズの用例がないことに、使った後で気づいたという。おかげで我々は「新緑の夜」とも「新樹の夜」とも違う美しい言葉を賜ることになった。（『忘音』昭43）季語＝みどりの夜（夏）

5月

15日

大学も葵祭のきのふけふ

田中裕明

大学とは作者が当時在籍していた京都大学のことだろう。この句、京都の町の雰囲気がよく出ていると思う。江戸っ子も祭好きだが、東京の大学にあって「神田祭のきのふけふ」というのはあり得ないと思うのだ。そもそも「きのふけふ」と言っている間に蹴散らされてしまいそうだし。葵祭の空気が町全体にじんわり浸透し、大学もその例外ではない。田中青年の雰囲気も、この空気によくなじむ。（『山信』昭54）季語＝葵祭（夏）

16日

パズル解く子の横顔やみどりさす

西宮　舞

次女がリビングで腹這いになって、ハミングをしながら文字らしき模様を書きなぐっているのを見て、不思議な感慨にひたったのはいつのことだったか。帰宅した長女も「へー」なんて妙な声を出していたから、同じ気分に陥ったのだろう。みどりさす横顔は神聖である。ずっと正面の顔と向き合ってきた母が、初めて見るような顔である。もう何だってひとりでできるという独立宣言の顔でもあるのだから。（『花衣』平20）季語＝緑さす（夏）

17日

新緑の闇よりヨーヨー引き戻す

浦川聡子

ヨーヨーから連想する昆虫がふたつある。「金亀子擲つ闇の深さかな　高浜虚子」の金亀子さながらヨーヨーを闇に擲つ。びーんと糸が伸びきったところは「ひっぱれる糸まっすぐや甲虫　高野素十」。すかさず手繰るとは元の姿に戻るのだ。私のヨーヨーはいつも虫になったままだったけれど。闇からヨーヨーが投げ返されてくる。ベクトルの向きが変わるとヨーヨー若い勢いに満ちた句だと思う。（『水の宅急便』平14）**季語＝新緑（夏）**

18日

万緑の中や吾子の歯生え初むる

中村草田男

昭和十四年作。「万緑」を季語として定着せしめたとして、つとに有名な句である。深まる緑と生え初めた歯の白さの対照がよく語られるが、同年一月に授かった次女を詠んだ句であろうから、「万緑叢中紅一点」の紅の意識もおそらくあっただろう。鮮やかな景だ。並んで載る「赤んぼの五指がつかみしセルの肩」でも赤子の思いのほかの力の強さに、この季節の勢いと響き合うものを感じとっている。（『火の島』昭14）**季語＝万緑（夏）**

5月

19日

我を見ず茨の花を見て答ふ　森賀まり

かつて大阪に九年暮らした。そこで私はふたりの子を得、子を育てつつ俳句を作り続ける工夫を通して生涯の友を得た。「両手の会」と名づけた子育て吟行グループは、十年経った今でも形を変えながら活動中である。今週はメンバーの「うちの子」の一句をご紹介する。この句のモデルは十歳の頃のご長女。自分のことを語ってくれなくなったのだとか。「別に」なんて言ってどこかの女優さんのように。（『瞬く』平21）季語＝茨の花（夏）

20日

母の耳父の耳よりあたたかし　田中裕明

裕明さんは昨日のまりさんの御主人であって、厳密には両手の会のメンバーではない。が、いろいろな形（留守番とか）で見守っていただいた。夫人の選んだ夫の「うちの子」の一句。時はご長女の断乳の頃に遡る。眠るとき、母の耳たぶを引っ張りながら親指を吸うのが習慣だったのだとか。父の耳たぶでは駄目だった無念さの結晶がこの句。あたたかし。絶対温度の問題ではないことがよくわかる。（『櫻姫譚』平4）季語＝あたたかし（春）

21日

小満《しょうまん》のみるみる涙湧く子かな　山西雅子

両手の会発足当時離れてお住まいだった雅子さんは、通信参加であった。ともに吟行した者どうしの分かり合った選句の中に入る「冷静な目」の存在でもあった。この句はご長男が八歳の折の句。涙の壺が溢れるようによく泣く子だったそうだが、小学生になった頃からぐっと歯を食いしばってこらえるようにも。このときも湧き上がる涙を両手で何度も拭っていたそうだ。幼児は少年に。（『沙鷗』平21）季語＝小満（夏）

22日

運ばれしかき氷子に聳え立つ　福本めぐみ

めぐみさんは両手の会の「お袋さん」である。もと保母さん（現在は現役復帰）の智恵をどれだけいただいたか知れない。この句はふたりのお嬢さんが六歳と四歳の折の句。円山公園で吟行をしたある暑い日、ご褒美に初めてひとりにひとつかき氷を注文したのだという。顔より高いかき氷を目の前に置かれたときの、ふたりの驚きと喜びの表情。真っ赤な蜜の色とともに忘れられない思い出。（「未央」平４・10月号）季語＝かき氷（夏）

23日

夏潮の子には小さな波与へ　福本恵夢

恵夢さんはめぐみさんの御主人。めぐみさんによると「めぐみ＝夢」という俳号なのだそうだ。この句のお嬢さんがたは四歳と二歳。太平洋の夏潮とのことだから、和歌山の海だろうか。はるか水平線から送られてくる豊かな波も、砂浜の奥の水際に遊ぶ子らにはやさしい波となって到る。おぼつかない足取りで寄せる波から逃げ、引く波を追い、砂に転び……、と遊んだときの幸せの構図。（「未央」平2・10月号）季語＝夏潮（夏）

24日

みどりごの汗は御飯の匂ひかな　栗原利代子

利代子さんは芸術家である。昨夏お会いしたときは、織物用にとりどりの色糸を幸せいっぱいの顔で買い込んでいらした。この句、裸の胸に抱き取った裸のみどりごを思う。織物の手触りを慈しむように、みどりごの肌触りを体感している気がする。汗みずくになって授乳中なのかもしれない。ともあれ、みどりごの汗を御飯の匂いだと言った人を私は知らない。そのみどりごも今は美大の学生である。（『軟体動物』平3）季語＝汗（夏）

25日

まんまるな笑顔の汗を拭きやりぬ

高田正子

十四年前の今朝、次女が生まれた。長女も形の良い頭をしていたが、次女は全方位まんまるの形で生まれてきた。これで娘ふたりはカチューシャだって大丈夫、と不都合な形に生まれついた私は嬉しかった。胎教なんて、と何もしなかったが、そういえば頭の形についていては思いを巡らしたことが確かにあった。しまった、と思わないでもない。顔を拭ってやったときの酸っぱいような表情は、今もそのまま。（『花実』平17）季語＝汗（夏）

26日

子がありて少しく貧し秋の蝶

満田春日

先週は両手の会のメンバーの「うちの子」の一句をご紹介した。今週はメンバー推薦の「よその子」の一句を取り上げる。森賀まりさん推薦のこの句、作者は季刊誌「はるもにあ」の主宰。田中裕明さんの「ゆう」のお仲間でいらした。「秋の蝶」は母というものの分身のように思われてしみじみする。同じく「子を持てば侘びてばかりや豆の花」も身につまされる、とまりさん。季語の選び方が興味深い。（『雪月』平17）季語＝秋の蝶（秋）

27日

枯野の子かがやくものとして弾む

鳥居おさむ

山西雅子さん推薦の「よその子」の一句。昭和四十六年作。「長女長男ともに順調な育ち振り。枯れ色の中での活発な動きが、まぶしくまた嬉しい」と自註がある。作者の第一句集『体内時計』には昭和五十年以降の句が収められている。この句も含めてそれ以前の句は、その時点での作者の判断でカットされたわけだ。が、どこかに収めておきたかった句なのだろう。そう思って読むとまた別の味わいがある。（自註現代俳句シリーズ『鳥居おさむ集』平6）季語＝枯野（冬）

28日

瑠璃色を教へし吾子に犬ふぐり

稲畑廣太郎

福本めぐみさん推薦の「よその子」の一句。作者はある日「瑠璃色というのはね」と子に教えたのだ。絵本を読みながら、とか、歌を歌いながら、とか。そして別のある日「あ、瑠璃色！」と子が指さしたのだ。たぶんよく晴れた日の散歩中に。子のこういう反応に会うと一瞬戸惑いに似た軽い驚きを覚える。そしてじわじわ嬉しくなって。「これは犬ふぐりの花だよ」今度はこう教えたに違いない。（『廣太郎句集』平12）季語＝犬ふぐり（春）

29日

生る子の衣爽やかを手にし見つ　高木石子

福本恵夢さん推薦の「よその子」の一句。ふっくら仕上げられ、生まれる子を待っている産着を、掲げ広げて慈しんでいる姿が思い浮かぶ。こんなに小さい。けれども真っ白に夢をはらんで。子はまさに今生まれようとしているところかもしれない。今どきのパパなら立ち会ってしまう瞬間を、ひたすら待つ。その期待感がもたらす爽やかさでもある。恵夢さんの実体験に基づく選句であろうか。（『季題別高木石子句集』平19）季語＝爽やか（秋）

30日

小さき子がもつとちひさき子に野菊　田中純子

栗原利代子さん推薦の「よその子」の一句。作者は所属結社「岳」のお仲間。大人から見れば十分に小さな子が、さらに小さな子に野菊を摘み取る。こんないとおしい行為を、子どもは当たり前のこととして行う。野菊も小さく可憐な花だが、子どもにとっては目の高さと指の力に適った花だ。おとなになって多くのことができるようになったが、忘れてしまったこともまたたくさんあると気づかされる。（『螢火の言葉』平18）季語＝野菊（秋）

31日

ビニールの袋にゆがむ金魚かな　　飛岡光枝

おとなが見ても子どもが見ても、ビニールの袋の金魚はゆがんでいる。が、おとなはそんなことでいちいち驚いたりはしない。当たり前だと思って見ているからである。この視線をたどっていくと、少女「光枝ちゃん」の姿が見える。作者は「古志」同人。ともに二十歳代のころ、句会で幾度かお会いした。この句集には、私の記憶に残る当時の句がいっさい収められていない。潔い選句の第一句集である。（『白玉』平19）季語＝金魚（夏）

六月

1日

早乙女の下り立つあの田この田かな　太祇

濃尾平野の一角に生まれ育った私であるが、早乙女なるものをこの目で見たことがない。近所の田では野良着に身をかためたおじさんが田植機で、おばさんが手ずから早苗を植えていた。「おじさんおばさん」と思ったのは、ねずみ色を基調とする渋いコスチュームのせいで、今の私より若い人もいたはずだ。テレビ等で見る早乙女はさながら茶摘女の田んぼバージョン。鏡のような田面がみるみる華やぐ。（『太祇句選後篇』）季語＝早乙女（夏）

2日

太陽と父と田植機快調に　成田千空

幼いころ見た耕運機は手押しのものだったが、田植機も稲刈機もすでに存在し、脱穀も轟音と稲埃を撒き散らしながら機械でやっていた。が、牛馬による耕しや、千把扱き、唐箕の時代も、それほど前のことではなかっただろう。機械化は農家に莫大な出費を強いたが、仕事の効率は断然上がった。太陽に背を向け、這うようにしてやっていた田植も、ほら、こんなふうに口笛を吹きながらできてしまう。（『忘年』平12）季語＝田植（夏）

6月

3日

眉の濃き妻の子太郎栗の花　沢木欣一

「六月、帝王切開により長子誕生」と前書がある。「眉の濃き妻」の子ゆえ生まれたときから「眉の濃き子」になる気配が漂っていたであろう。妻とは故細見綾子。「詩の在り方の純粋さにおいて細見綾子より多く学んだ」とあとがきに書いている。綾子は丹波の出身。いわば憧れの先輩と結婚した作者は、かつて恋人に会うため栗の花咲く丹波路をいくたびも通ったのではなかろうか。栗の花は妻の花だ。（『塩田』昭31）**季語＝栗の花（夏）**

4日

ねむる子のまぶたのうごく青葉潮　藺草慶子

おさな子のまぶたは薄い。淡く血管が透けていたりもして、まるで花びらのようだ。ときどき花びらの下で目の玉がおたまじゃくしのように動く。まだ夢の世界にいる子。どんな夢を見ているのだろう。現実的な世界に生きるようになる前の子どもは、おとなの言葉で言うところの大海原や宇宙に匹敵するような、気宇壮大なものに身を任せている気がする。青葉潮、豊かで気持ちがいい。（『遠き木』平15）**季語＝青葉潮（夏）**

5日

子のあるは時にせつなし芒種南風

岸本マチ子

田植が始まるころの南風《はえ》だから、雨の匂いのするむっとした風だろう。毛穴が詰まって皮膚呼吸ができなくなるような、そんな感じ。子育てをしていると、ときにどうしようもなく苦しくなって子に優しくできないことがある。ずっとこの状態が続くわけではないと、頭ではわかっているのだけれど。そういうときに限ってあどけない寝顔を見せてくれる子。母は心からゴメンと、人知れず涙をこぼすのだ。（『一角獣』昭54）季語＝芒種（夏）

6日

子のあらばつけたき名あり花石榴

片山由美子

子がいないからつけることはないという意を汲むこともできるが、むしろその名の響きや構成の美しさを楽しむ、心の弾みが伝わってくる。「形代に書きて佳き名と言はれけり」「品書きの鱈といふ字のうつくしや」も同句集に収める。心に秘めているのは佳きうつくしき名なのだ。鮮やかな朱色の石榴の花は、ガラス細工のように透き通って、晴れの日も雨の日も美しい。きっと女の子の名前だ。（『水精』平元）季語＝石榴の花（夏）

7日

吒られて姉は二階へ柚子の花　鷹羽狩行

自解によるとこの句には三つの要素がある。まず、叱られると勝ち気な姉娘は泣きながら二階へ上がってゆくという現在の景。これに作者の子ども時代の家の庭に二階へ届くばかりの柚子の木があったという思い出の景が重なる。そして、姉は二階へ「行く」の「ゆ」をもつ「柚子の花」という掛詞への興味。もちろん「叱られてすねることにもポエジーが宿る子供時代」を尊ぶ気持ちがいちばん大切。（『七草』昭58）季語＝柚子の花（夏）

8日

あめんぼのまる七つだよ水の底　髙田涼花《すずか》（当時小二）

神奈川に引越してきて間もないころ、長女を伴い藍生新人会の吟行句会に参加した。東京は豊島区の六義園。いつも一緒の次女がいなかったせいか、「わたしも」とその日長女は初めて俳句を作った。浅い流れの底に映った水馬の影に興味を抱いたようなので、昆虫はあしが六本と教えるつもりで「○いくつある？」と尋ねたのだ。「七つ」という答えに驚いたが、よく見ると胴体の影も○だった。まさに子どもの一句。季語＝あめんぼ（夏）

9日

目を閉じる足音葉音夏の風　小野田　迅（当時二十歳）

五月末の暑い日、大学生たちと吟行をした。二十歳前後の彼らは私の子世代だ。煩悩としがらみをふり捨てよ、という先生の言いつけを守れなかったケースも多い中、この句が生まれた。この句のいちばんの手柄は目を閉じてみたところ。視覚を閉ざしたら聴覚と触覚が目覚めた。まず足音が聞こえ、葉音が聞こえ、そして葉を揺すった風が自分のところへ吹いてきた。俳句を始めて一か月半。初めての吟行にて。季語＝夏の風（夏）

10日

梅を噛む少年の耳透きとほる　西東三鬼

「降る音や耳も酸うなる梅の雨　芭蕉（当時二十三歳）」を連想した。芭蕉の句は縁語仕立ての機知の句だ。対して三鬼の句は実際に梅を噛っている。噛った少年本人は酸っぱくて耳が透けるように感じているかもしれない。それを見ている側は、少年の耳が、というより少年そのものが万緑の世界と呼応しあって青く染まっているように感じる。「季節と少年」と題する五句の二句目に置かれた句。（『旗』昭15）季語＝梅の実（夏）

11日

少女みなマリアに扮し梅雨涼し　　岩井久美恵

レースのベールを被って教会の木椅子に並んでいる少女たちだろうか。みな自分がマリア様になったような気分でミサに参列している。あるいはチャリティーコンサートなどで歌う少女たちが、お揃いのマリア様スタイルで決めているのかもしれない。ベール一枚であろうとそれを身につけるということは大切だ。その瞬間魔法のように心の色が変わる。しとしと降り続く雨の涼気が、清らかに満ち渡る。（『神々の島』平8）季語＝梅雨（夏）

12日

楽の音のまにまに梅雨の子寝巻着る　　中村草田男

一月三日に吾子誕生の句をご紹介した上田日差子さん推薦の一句。日差子ママが草田男の句集でいちばん好きなのは『長子』、次がこの『来し方行方』なのだそうだ。時代も草田男自身も激しく動いた歳月の作品を収める。日差子ママはこの句の、パジャマではなく寝巻を着る子の姿が可愛らしくて「あ～ぁ、女の子が欲しかったなぁ」と思うのだという。まにまに、ねまき。面白い響きだ。（『来し方行方』昭22）季語＝梅雨（夏）

13日

けんかの子百合の莟のやうに立つ　森賀まり

一月二十一日に子育て俳句をご紹介した名取里美さん推薦の一句。ママが怒ったら「仁王立ち」になるところだが、思春期にさしかかろうとする女の子は「百合の莟のやうに立つ」のだ。莟の美しさもさることながら、花茎のしなやかさと緑の色が鮮やかに立ってくる。表記については「正しく旧かなにすると『けんくわ』になるが、『けんか』のほうがそれらしく思う」との作者ご本人の弁がある。（『瞬く』平21）季語＝百合（夏）

14日

少年の一挙手光る平らな沖　綾野道江

三月十二日に子育て俳句をご紹介した高浦銘子さん推薦の一句。「この句が母親として詠まれた句かどうかは明らかではないが、余分な情が排除されていながら、遠くから少年を祝福するような深いまなざしが感じられる」ところに惹かれるそうだ。日頃は有季で優雅な句柄の銘子さんだが、吾子俳句にはストイックで「季語には思いが入りがちだから、無季のドライ感が好ましい」と言うのが面白い。（『父の絵』昭59）無季

15日

子供の日母の日父の日の来たる

深谷雄大

作者の還暦と主宰誌「雪華」の創刊十五周年の節目を迎えた時期に刊行された第十一句集である。力のこもった作品が並んでいる中、この句はふっと力の抜けた苦笑まじりの句として私は受けとめた。子供の日は一大イベントだ。忘れたら子に嫌われてしまう。母の日、これも大切だ。手を抜いたらどんなしっぺ返しを受けるかしれない。そうしてやっと父の日が来た。みんな、今日は何の日だ？

（『吉曜』平10）季語＝父の日（夏）

16日

梅雨の家インクを使ふ子が殖えて

京極杞陽

終戦当時、十二歳を頭に八歳七歳五歳三歳二歳だった作者の子どもたちは、以来九年を但馬に暮らし、親に何かあっても生きていけるほどに成長した。あとは「子どもの教育といふことだけに心を労してゐる」とあとがきにある。親の心配は時代を超えて不変だ。湿った空気に満ちるインクの匂いはなにがなし郷愁を誘う。今なら定めし「パソコンを使ふ子」だが、パソコンが郷愁になる日も来るだろうか。（『但馬住』昭36）季語＝梅雨（夏）

17日

夏帯やわが娘きびしく育てつつ　中村汀女

汀女の孫です、という方とお会いしたことがある。ふたりおいて隣にお座りだったその方を、どこかでお会いしたような、と思いをめぐらしていたのだが、何のことはない、写真で見た汀女の若きころの面差しをお持ちなのであった。きびしく育てられた娘は、そのまた娘をきびしく育てる。こうしてたたずまいの麗しい正統派美人が誕生する。受け継がれてゆく美人の系譜というものを思った。（『汀女句集』昭19）季語＝夏帯（夏）

18日

夏足袋や母の代りの役果し　佐藤博美

母上は亡くなられたのかもしれない。夏でも正装のときは着物をお召しになる方だったのだろう。「母の代り」とは、父とともにする御用で、父から求めがあったとも想像できる。お母さんの代りをしてはくれまいか、と。着物を着るときは下着とともに足袋を先につける。そして脱ぐときは足袋がしまいだ。一日の務めを果たし、帯をといて、着物を脱いで、ほーっと息をついて足袋をはずす。（『空のかたち』平18）季語＝夏足袋（夏）

6月

19日

母と子の母の大きな夏帽子

清崎敏郎

子を連れて出歩いていたころ、日傘は憧れだった。日よけの道具にふたつしかない手のひとつを完全に使うとはなんて贅沢、というわけ。子育て世代の両手は子どものものなのだから。昭和五十六年作のこの句は、西村和子氏（現「知音」代表）がモデルである。吟行に子連れでやって来た弟子への、師からのエール。西村氏の第一句集『夏帽子』は、この句からの命名である。茅ケ崎海岸にて。（『系譜』昭60）季語＝夏帽子（夏）

20日

校長の机の上の夏帽子

岩田由美

校長の机に載った夏帽子は誰のもの？　校長本人の帽子でもよいのだけれど、私の答えは児童の帽子だ。赤白帽ではなく、取りあげたら中から蝶が翔びたちそうなリボンの付いた帽子。大好きな校長先生を驚かそうと子どもが置いていったのだ。そういえばあまんきみこの童話では、帽子の中身は夏みかんに変わってしまったのだった。この帽子、私の想像の中ではすでに夏みかんの香までしている。（『春望』平8）季語＝夏帽子（夏）

21日

音合せ始まる夏至の広場かな　坂本宮尾

夏至の今日は主観的恣意的子どもの一句を。エネルギーの大半を部活動に注ぎ込んでいる長女は、トロンボーンを吹いている。たまにチューバを吹くこともあるらしい。中学校での吹奏楽部とは様子が変わって、高校のオーケストラでは弦楽器の音が複雑に絡み、なかなか捨てたものではない。音合せが始まる。楽器がそれぞれ精彩を放ち始める。バカな親でなくてもわくわくする瞬間。（『木馬の螺子』平17）**季語＝夏至（夏）**

22日

短夜や乳ぜり泣く児を須可捨焉乎《すてっちまおか》　竹下しづの女

こんなに泣く子、もう捨てちゃうぞ。いやいやこんなに愛しい子、捨てられるわけがないじゃないの。母は眠りの底から急いで浮上し、抱き上げて乳をふくませるのだ。夜明けの早い夏のこと、子が再び寝入るころには外が白み始めていることだろう。しづの女はこの句を含む七句で「ホトトギス」の巻頭をとる。女性の巻頭は史上初。しかもしづの女はその前年に句作を始めたばかりであった。（『颷《はやて》』昭15）**季語＝短夜（夏）**

23日

蝸牛《かたつむり》しまひまで聞く子の話　高原初子

子の話につきあうのは相当に忍耐が必要である。それでねー、それからねー、と要領を得ぬようでいて、いつの間にか本題に入っているような話が延々と続くのだから。が、今は子と向き合う時間、と、いったん肚を括れば限りなく潤った時間が母と子に流れ出す。山積みの用事のことはしばし忘れて。これは母の「蝸牛宣言」の句なのだ。作者は長く、働く母であった人。来し方のきらきらを顧みる第一句集。（『響』平19）季語＝蝸牛（夏）

24日

子が二人居れば水中花も二つ　上野章子

おとなならば兼用で済むようなものが、子どもの場合は頭数分必要になることがよくある。同性の兄弟、姉妹だから一つでいいだろう、なんてことも論外である。これは子どものいる家に手みやげを用意するときの要チェック項目である。お子さんはおふたりでしたね、と差し上げれば株が上がること間違いなし。さて、上野家の水中花は等しく美しく咲くことができただろうか。（自註現代俳句シリーズ『上野章子集』昭56）季語＝水中花（夏）

25日

金魚玉明日は歴史の試験かな　　高柳重信

第三句集である。が、刊行が三番目だっただけで、収められた作品は十三歳から二十五歳の頃合のものである。明日は歴史の試験、と氏自ら呟いていた可能性があって何だか愉快だ。金魚玉、覗き込むと時空がひずむ。目を凝らすと文明開化のころのおさむらいさんが見えたりして。金魚玉、中からは高柳青年の部屋が見える。あれあれおかっぱ頭のお兄さんがこちらを覗き込んでいるよ。（『前略十年』昭48）季語＝金魚玉（夏）

26日

兄の吊る母の風鈴鳴りにけり　　黒田杏子

作者は五人きょうだいの真ん中で、兄姉弟妹すべているという。すばらしく賑やかな家であったことだろう。その中心には赤髭医師の父としっかり者の母。そこからまず子らが巣立ち、やがて父が逝き、今母が逝こうとしている。父の跡を継いだ頼りの長兄が、老いた母に代わって風鈴を吊った。ちりりり～ん。静かな家に懐かしい音が沁み渡る。平成十五年作。その冬母上は長逝された。満齢九十五。（『花下草上』平17）季語＝風鈴（夏）

6月

27日

妊りておちつく妻や瓜を揉む

下村槐太

かつて子を欲していた友人のひとりから、ああまた今月もだめだったーってがっくり落ち込むのよ、という話を聞いたことがある。妊娠検査薬のプラス反応を魔の十字架と呼ぶ少女たちがいる一方で、それを負いたくて待ち焦がれる女性がいる。下村夫人は首尾よく子を授かり、心身ともに安定した日々を過ごすようになったようだ。そろそろ悪阻が始まるのだろうか。酢の物を口にしたくて瓜を揉む。(『光背』昭22) 季語＝瓜揉む(夏)

28日

あぢさゐの花より懈《たゆ》くみごもりぬ

篠原鳳作

子を宿した体は、自分の体でありながらそうではないものと化してしまう。思わぬ変化を遂げてゆくわが身に、驚いたり、嘆いたり、嬉しかったり、気分の落差も激しい。なによりすぐ疲れる。今、妻は重くなった体を休めているのだろう。青い血管の浮き出た白い腕で、別の生き物のようにふくらんだおなかを抱えて。おなかの子はおそらく第一子だ。遠からず戦場のような日々がやって来る。(『篠原鳳作全句文集』昭55) 季語＝紫陽花(夏)

29日

産むというおそろしきこと青山河

寺井谷子

体の奥に命が芽吹くことは、別の宇宙を抱え込むことに等しい。育ちゆく宇宙に耳を澄ますと、歓喜とも畏怖ともしれない眩暈のような感覚に襲われる。はじめは命の神秘に向き合う自分の存在自体にも躊躇するが、やがておずおずと肯い始める。それが母となる過程だ。「おそろしき」までは誰もが一度は思うことだろう。この句は「青山河」がすばらしい。おそろしさに悠久と普遍性が加わった。（『以為《おもえらく》』平5）**季語＝青山河（夏）**

30日

月明の茅の輪をひとりくぐれるか

山西雅子

「胎児死亡す　六月三十日」と前書がある。折しも夏越の祓のころ。今年はおなかの子とともに茅の輪をくぐりに行こう、そんな心づもりをしていたことであろう。事実を告げられたとき作者の脳裏にくっきり浮かび上がったのは、月の光を皓々と浴びた茅の輪だ。しろがねのように冷えた茅の輪は、あるいは冥界との境であったかもしれない。こちら側に残された母は、ひとり慟哭の淵に沈む。（『夏越』平9）**季語＝茅の輪（夏）**

七月

1日

浮いてこい浮いてお尻を向けにけり　阿波野青畝

「浮いてこい」は「水に浮かべて遊ぶ子どもの玩具」と歳時記にあるが、むしろ浮き上がる過程を楽しむ玩具だろう。句集には「浮人形のつぽ倒れて浮きにけり」と並ぶ。浮いてしまうとちょっと様にならない「浮いてこい」である。なんてことを思うのはおとなで、子どもはそういうところこそが好き。「お尻、お尻」と大はしゃぎをして、お尻を向けずに浮いてはいけない「浮いてこい」になる。（『不勝簪』昭55）季語＝浮いてこい（夏）

2日

水遊とはだんだんに濡れること　後藤比奈夫

わが家の水遊びのパターンは決まって二通りであった。用心深く濡れないように遊ぶが突然深みにはまってずぶ濡れになる長女と、今度こそ濡れないからと口先だけは調子よく、そのくせすぐに水とは濡れるものであることを忘れ去る次女と。どのみち濡れるのだから同じことだって？　いやいや、携帯すべき着替えの種類と枚数、持ち帰る汚れ物の数が違う。準備と覚悟に大きな違いがあるのだ。（『祇園守』昭52）季語＝水遊（夏）

3日

浮袋子の息に足す父の息　山崎ひさを

海水浴の日はすべてが楽しい。浜辺に着いて準備にもたついたりすることも、楽しみのひとつだ。子が懸命に息を吹き入れても、大きな浮袋はなかなかふくらまない。気が遠くなるほど吹いてようやくドーナツ状になる。が、まだまだ用をなさないから、ここで父の出番だ。浮袋は見違えるほどばりっと立ち上がる。お父さんすごーい。子は父との合作浮袋を胴にはめて、嬉々として波打ち際へ急ぐ。（『歳華』昭49）季語＝浮袋（夏）

4日

抱きしめて浮輪の空気抜きにけり　山下由理子

浮輪の空気は簡単には抜けてしまわないようにできている。その構造を初めて知ったのはいつだったろう。なんて賢いんだと感動した覚えがある。一日使った浮輪は少しくたびれていて、子どもにも畳めそうな風情である。が、そういうわけだからやはり手こずるのだ。ふくらますときはパパ頼みだったが、畳むときはママだ。ママー。ママは抱っこのときのしぐさで、ぎゅううううっと浮輪をしぼませる。（『野の花』平19）季語＝浮袋（夏）

5日

子の鼻血プールに交《まじ》り水となる　赤尾兜子

また出たの、というほど頻繁に鼻血を出す時期が子どもにはある。雲を抜けると晴天があるように、ある日を境にぱたりと止まるのだが、それまでは油断がならない。この子はプールの真ん中で鼻血に襲われた。本人にはかかった水が流れたと思える程度の出方をするものだから、プールに走る紅色の筋を認めて初めて、あっと鼻を押さえる。あふれ出る血が指の隙を漏れ、腕を伝い、水に散ってゆく。（『歳華集』昭50）季語＝プール（夏）

6日

サンダルをはじめてはけるプールの日　小堀雄大《ゆうた》（当時小五）

平成十九年度第二回石田波郷記念館ジュニア俳句大会特選句より。東京砂町の文化センターが、地元に波郷が住んだゆかりから始めた手作りの俳句大会である。この句は私が特選にいただいた。プール開きの日であろう。水に入るのもうれしいが、サンダルを履くのも待ち遠しいのだ。履くというのは暮らしの中の普通の動詞だ。「履ける」としたことで子どもの気持ちが山ほど籠もった。新調のサンダルがぴかぴか光る。季語＝プール（夏）

7日

不器用に生き紺色の水着かな　山田径子

スクール水着といえば昔から紺色と相場が決まっている。デザインは多少ましになったようだが、色は変わらないようだ。学校と無縁になった今でも水着は紺色だという径子さん。ああ、私と同じだわ。わが家では先日、わざわざスクール水着を買うまでもないと言って長女が「お母さんの地味な水着」を学校へ持って行った。節約した分を上乗せして新しいビキニを買ってくれ、だと。なんだか悔しい。（『径』平18）季語＝水着（夏）

8日

少年の鋭角の肘《ひじ》泳ぐなり　中村与謝男

クロールで美しく泳ぐ姿は静謐である。競泳の選手がぐいぐい泳ぐときですらそう思う。水面に腕が肘から出てきて、すぐにまたすっと水にくぐる。水面下では盛大に水を掻き送っているようだが、あの規則的にして無駄のない動きは実に静かで美しい。青年ほど逞しくなく、少女ほど丸味のない少年の肘。その肘が作者の前を過ぎてゆく。鋭角とは、すぐに失われてしまう少年性そのものでもある。（『楽浪』平17）季語＝泳ぐ（夏）

9日

プールサイドの鋭利な彼へ近づき行く　中嶋秀子

「彼」は水から上がったところだろう。ひき締まった肌は水の冷たさを放ち、泳ぎの後の熱が全身を駆けめぐって、全細胞が冴えきっているのだ。研ぎすまされた刃のような「彼」。触れたら切れてしまいそう。一歩一歩近づいてゆく「私」は全身が心臓になってしまった。どきんどきん……。恋のいいとこどりのような句。この句を「子ども」の句だなんて言って、傍観してしまっていいのか、私。（『陶の耳飾り』昭38）季語＝プール（夏）

10日

日焼子の面輪と思ふ阿修羅像　高　千夏子

永遠の少年像、奈良興福寺の阿修羅像であろう。三面あるどのお顔も綺麗だが、正面の少し眉根を寄せたあのお顔に、作者は「日焼子の面輪」を見て取ったのだと思う。私の感じでは、日焼が定着して真っ黒になった顔というより、太陽の下に一日遊んで赤くなった顔、つまり日焼のし始めの顔なのだがどうだろうか。と、尋ねてみたくても作者はすでに亡い。句集刊行の三か月半後、病により逝去。（『底紅』平19）季語＝日焼（夏）

11日

少年の声甲高きキャンプかな　三村純也

かの光源氏は元服のとき、少年の姿のままとどめおきたいと惜しまれたが、いざ成人姿となってみればいよいよ麗しく、一同うっとり見惚れたという。このくだりで私が気になるのは源氏の声だ。まだきんきんだったのではないかしら？　現代では中学生になると少年は青年と呼ばれるようになる。が、中学生にも少年ぽい男子はいる。その決め手のひとつは声だ。少年の声、思わず郷愁を誘われる。（『蜃気楼』平10）**季語＝キャンプ（夏）**

12日

繭のごと眠れる吾子よハンモック　稲田眸子

ハンモックはもとは船乗り用の寝具だったというが、今ではキャンプや昼寝を連想させるものだろう。シングルのみならずセミダブルやダブルもあるらしく、大の字寝がモットーの私はおそれ入ってしまう。この子は今、緑の風の中で胎児の姿に戻り、母の胎内にいたときの記憶を漂流している。麦藁帽子をかぶって夏木立の中を駆け回ったあとのお昼寝だろうか。色の白い女の子のような気がする。（『絆』平12）**季語＝ハンモック（夏）**

13日

白オール翼と構へ少女待つ　香西照雄

少女を待つ、とも、少女が待つ、とも読める。「を」のほうなら待っているのは少年ととりたい。好意を寄せる少女を乗せる白鳥の王子の心境である。おとな、それも男だったら父親であろうと嫌だ。が、少女が待つ、だったら？　それならパパでもいい気がする。あるいは家族とか。ずっと乗せてもらう立場だった少女が、今日は私が漕いであげる、私もう大きいのよ、と。リボンの騎士のように凜々しく。（『対話』昭39）季語＝ボート（夏）

14日

迷ひ子の手足ひらひらパリー祭　宮崎すみ

七月十四日はフランスの建国記念日。すなわち革命記念日である。一七八九年の今日、パリの市民は蜂起し、バスチーユ監獄を占拠した。事の発端と成りゆきは、歴史書のみならず少女漫画や宝塚歌劇でつとに有名。当日はフランス全土が沸くというが、ことにパリは喧噪の坩堝と化すらしい。迷子は出ないほうが不思議なほど。迷うほうも心得ていて、迷子たることを楽しんでいるかもしれない。（『神々の交信』平19）季語＝パリー祭（夏）

15日

青簾子の声がして母がをり　いのうえかつこ

青竹の青さも涼やかな簾である。その奥からまず幼い声が聞こえ、続いてそれに応えるおとなの女性の声がしたのだ。ああ、この家にはまだ小さい子がいるのだな。通りすがりにふっとこんなことを思う瞬間が、最近はめっきり減った。少子化はもとより、建築様式の変化により家の軒が浅く、簾を吊ること自体が減っているから。冷房を入れた化粧箱のような家より、開けっ放しが懐かしいのだけれど。（『馬下《まおろし》』平16）**季語＝青簾（夏）**

16日

兄妹に蚊香は一夜渦巻けり　石田波郷

反射的に幼い兄妹の姿を思うがあわててはいけない。『鶴の眼』は波郷二十六歳のときの刊行で、まだ結婚すらしていない。この句には「妹上京」と前書がある。夜更けまで話し込み、そのまま泊まっていったのだろう。蚊取線香は明治期にすでに渦巻き状にまで進化していたが、当時、地方ではまだ蚊遣を焚いていたかもしれない。東京の兄の家では、一夜もつ渦巻き型を使っていたのだ。（『鶴の眼』昭14）**季語＝蚊取線香（夏）**

17日

鉾《ほこ》の稚児帝《みかど》のごとく抱かれけり　古舘曹人

祇園祭は七月の一日から三十一日まで一か月に渡って行われる八坂神社の祭礼。十七日の山鉾巡行には多くの観光客が集まり、ことさらに賑やかである。現在生身の稚児が乗るのは長刀鉾だけだが、稚児は神の使いゆえ地に足をつけることはない。屈強な男の肩に担がれて現れ、鉾に乗り込む。降りるときも同様。この気品に満ちた麗々しい稚児の姿に、作者はいにしえの「帝」の姿を重ね見たのである。（『樹下石上』昭58）季語＝祇園祭（夏）

18日

子供らは滑つて遊ぶ簟《たかむしろ》　浅生田圭史

簟は竹を細く割いて編んだ夏用の敷物である。座るとひんやりして気持ちいいが、居座ってしまうと、立ちあがったとき脚に驚くほど跡がついている。子らはこのつるつる感を、滑って遊ぶほうに使う。はだしだとあまり滑らないので、わざわざ靴下をはきこむこともある。滑り方がエスカレートしていくことはあっても、自ら飽きることはまずない。誰かがごんと頭をぶつけ、わーっと泣き出して幕となる。（『獅子』平17）季語＝簟（夏）

19日

水羊羹子どものやうに濡れてゐる

田中久美子

水羊羹が主語であるが、「お菓子の一句」ではなくやはり「子どもの一句」だろう。水羊羹は葛桜のように皮の中に餡が見える仕様ではない。全体が餡のかたまりなのに、見えない膜に包まれているようなあの感じは、まさに思わず触れたくなる子どもの肌のようだ。子どもが水羊羹のようということでもあるが、その喩え方ではぴんと来ないかもしれない。「子どものやうに」。大きく頷きたくなる。（『風を迎へに』平19）季語＝水羊羹（夏）

20日

姉妹白玉つくるほどになりぬ

渡辺水巴

私には弟がいる。今ではすっかり生え際が心配なおじさんである。人に紹介するとき「兄です」と言いたい衝動にかられさえする。そのことは措くとしても、幼い時分よりずっと「姉妹」に憧れてきた。『細雪』ほどでなくても、きっと女どうしのはらからには、いわく言い難い何かがあるに違いない、と。娘ふたりが生まれ、身辺に神秘が展開されてゆくことを心から期待したのであったが……。（『水巴句集』昭31）季語＝白玉（夏）

21日

一生の楽しきころのソーダ水　富安風生

番茶も出花、箸が転んでもおかしい年頃のことに違いない。そしてそんなことが言えるのは、楽しきころを遥か彼方に顧みるようになってからだ。さなかにいるときは気づかない。この句集に収められているのは戦後すぐの時期の作品。タッチの差で楽しきころが戦争と重なってしまった人がたくさんいた。青春を謳歌する若者の姿はソーダ水の泡のように弾けて、楽しげで眩しい。そして儚い。（『朴若葉』昭25）季語＝ソーダ水（夏）

22日

青年は膝を崩さず水羊羹　川崎展宏

水羊羹は、青年と呼ばれる人々よりその親世代の菓子のような気がする。甘党の私ですら若い時分は、口に入れれば旨いと思うが、自ら進んで食べるほどの熱意は抱かなかった。つまりこの青年は、水羊羹の向うに膝を崩せない誰かの姿を見ているのだ。今日の日のために迷いもなく水羊羹を選んだお母さんと、娘を託すに値する男かと思案中のお父さん、なんて想定はホームドラマの見過ぎだろうか。（『観音』昭57）季語＝水羊羹（夏）

23日

麨《はったい》や手枷足枷子が育つ　小林康治

私の田舎ではたしか「麦こがし」と呼んでいた。一度母が懐かしがって買って来たものを弟と並んで口にした覚えがあるが、あれはいくつのときだったのか。食べた記憶はそれきりだ。今はもっとおいしいものがあるからねえ、と母は呟いていた。当時は当たり前のように母は母だと思っていたが、一日たりとて休みなく食べさせて着させて、母ってすごいものだったんだなあ、なんて他人事みたいに。(『四季貧窮』昭28)　季語＝麨（夏）

24日

土用鰻息子を呼んで食はせけり　草間時彦

土用鰻を食べると夏負けしないという。親元を離れて暮らし、日頃から気がかりな息子を、この際鰻で釣って呼びつけようという親の心である。大概息子は息子で恙なくやっているものだが、親の心配も心得ていて、しょうがないなあ、食べたらすぐ帰るからな、と言いつつ元気な顔を見せるのである。娘は呼ばなくても来るし、なんのかんのと長っ尻だから、こういう俳句には決してならないのだ。(『夜咄』昭61)　季語＝土用鰻（夏）

25日

あかんぼも氏子天神祭かな　　飴山　實

「天満祭　九句」内の一句。大阪市北区の天満宮の夏祭である。二十四日の宵宮には鉾流しの神事がある。本祭は二十五日。午後三時に天満宮を出発する陸渡御と、午後六時半、淀川にかかる天神橋を起点に始まる船渡御の二部構成である。ここで作者は「あかんぼ」の姿に目をとめた。小さいながら法被に捩り鉢巻の祭姿で、抱かれて来ていたのだろう。大阪に生まれ、育ってゆくあかんぼである。（『花浴び』平7）季語＝天神祭（夏）

26日

しばらくは膝にかしこき浴衣の子　　伊藤通明

子どもというものは、基本的にかしこかったら不自然なのである。だから妙にかしこかったりすると、おやっと目を引くことになる。この子もいつもとは違う雰囲気の中で浴衣を着せてもらい、神妙な気分がなんとか続いているところ。周りのおとなから、似合うじゃないか、かわいいね、などと言われて。でもそろそろそれにも飽きてきたみたい。かわいいお尻がもぞもぞわそわし始めたから。（『荒神』平20）季語＝浴衣（夏）

27日

裸子の尻の青あざまてまてまて　小島　健

這い這いをし始めたころの次女を「チョロQ」と呼んでいた。なにしろ平らな所へ降ろしたが最後、不規則な軌跡を描いて消えるのだから。ちょっと目を離したすきにぶらんこに這い寄り、タックルをかけて跳ね飛ばされたことだってある。このチョロQ、よく動くせいか小柄であった。筋肉質の桃型のお尻を思い出すたび、立派な蒙古斑もまなうらによみがえる。まてまてまて。いや本当に速かったなあ。（『爽』平7）季語＝裸（夏）

28日

命より生れし命天瓜粉　長谷川　櫂

新しい命を寿ぐことはよくあるが、その命を生み出したものもまた命であるというとらえ方は意外に無い。母となった、ということと、母もまた命であるという認識は異なるものだ。ざっと半世紀前の今朝、母は私をこの世に生み出した。医者から止めるよう諭されたお産と聞いている。難儀の末誕生した赤ん坊は虫の息だったそうだ。それでも新旧ふたつの命は生きてきた。おかあさん、ありがとう。（『初雁』平18）季語＝天瓜粉（夏）

29日

蟬時雨子は担送車に追ひつけず　石橋秀野

私の母はまだ十代のときに肺に影が見つかり、療養生活を余儀なくされた。その後完全に回復し、仕事もし、普通の家庭人として過ごしてきたが、療養俳句というものを知ってしまった母は、俳句について語るたび「あれだけはするな」と言った。なのに子は、どうしたことか近頃では「俳人」と呼ばれることすらある。禁断の蜜の味とはこのことだろうか。ともあれ究極の親不孝娘であるな、私は。（『桜濃く』昭24）季語＝蟬時雨（夏）

30日

子を殴《う》ちしながき一瞬天の蟬　秋元不死男

今では学校でも家庭でも、子が体罰を受けることは稀である。私が十代のころにはまだ、びんたが好きな教師や、好んで竹刀を携行する教師がいた。意外にもこの句が詠まれた昭和十四年当時でも、子を殴つのは必ずしも当然のことではなかったようだ。抜けない心の棘に苛まれる父がいる。その一瞬だけ時間の流れがひずみ、白々した画面をスローモーションで映像が動く。すべての音が止み、蟬の声だけが響く。（『街』昭15）季語＝蟬（夏）

31日

昼寝の子起きしにあらず裏返る

三村純也

A面B面なる言葉は、チャンネルを「回す」とともにレトロな響きを纏うに到った、などと妙なことを考えた。子がらみの現象では、全身を洗う、すっかり乾かす、こんがり日焼する等々のとき、子のA面もB面も、というイメージを抱くものだから。寝返りを打つときも確かにそうだ。おそらくこれは単純な寝返りではない。表裏が逆になっただけでなく、天地もひっくり返ったのだ。作者は三人の子の父。（『常行』平14）季語＝昼寝（夏）

八月

1日

帰省子のころ鴨居より降りきたる　秋葉雅治

私の三歳違いの弟は、ずっとチビで痩せでひょろひょろしていたが、あるときを境にぐいぐい大きくなって、いつのまにか私のほうがチビデブなどと呼ばれて見下ろされるようになっていた。いばりんぼの姉の面目は丸つぶれである。昨今では女の子も随分と成長が良いが、この帰省子は絶対男の子だ。鴨居をひょいとくぐって入るほど大きく逞しくなったわが子。父は目を細めて頼もしそうに見上げる。（『翠巒』平19）季語＝帰省（夏）

2日

踏みならす帰省の靴はハイヒール　杉田久女

娘が帰ると連絡をくれた日。暦にも大きく丸がつけてある。母は朝から掃除をしたり、寝具を出したり、好物を揃えたり、そわそわと落ち着かない。準備万端、あとは娘を待つばかりになったころ、こつこつと近づいてくる靴の音。あら、あの子、ハイヒールなんて履いたかしら。でもこれは確かに、と母の心はたかぶる。美術学校へ進んだ、久女の次女光子の足音である。（『杉田久女句集』昭27）季語＝帰省（夏）

3日

負《お》うた子に髪なぶらるる暑さかな　園女

（斯波氏）

『陸奥鵆』は芭蕉の門人桃隣が、芭蕉三回忌にあたり『おくのほそ道』の跡をたどった紀行を中心に編んだ一集。園女は最晩年の芭蕉から「白菊の目にたてゝ見る塵もなし」の一句を贈られた蕉門の女流である。この発句に園女が「紅葉に水をながす朝月」と脇をつけ、九吟歌仙を巻いている。芭蕉はその二週間後に没した。それにしてもこの句の暑さはどうだ。鬱陶しくて、全面降伏する他はない。（『陸奥鵆』）季語＝暑さ（夏）

4日

炎天を来て炎天を振りむく子　金田咲子

炎天と聞くとアスファルトの匂いを思い出す。小学生のころ、砂利の上にアスファルトを流すだけの簡易舗装が大はやりで、真夏でも毎日どこかで作業中だった。アスファルト舗装は暑さで溶け出す。子どもの背丈の空気の層に匂いと熱が充満し、ゆらゆらと炎がたっているように見えた。そんな中を抜けて帰った日には、この子と同じ仕草をした気がする。さて、この子は振りむいた炎天に何を見たか。（『全身』昭59）季語＝炎天（夏）

5日

どの子にも涼しく風の吹く日かな

飯田龍太

「涼風の一塊として男来る」（『遅速』平3）とともに好きな「涼し」の句。昭和四十一年の作。「一塊」より四半世紀も若い時分の句であるのに、どこか達観したような、遠まなざしになっているような雰囲気を感じる。作者の住んだ甲斐の国は、実際涼しい風の吹き通る地なのかもしれないが、この句には前年母を亡くした影響が及んでいるようにも思う。作者はこれでふた親を失ったことになる。（『忘音』昭43）**季語＝涼し（夏）**

6日

原爆忌少女のままの六年生

杉田望代《もよ》（当時小六）

広島の原爆忌は夏、長崎の原爆忌と終戦記念日は秋である。秋といっても残暑のさなか、その日を語る人はみな、暑くて空の真っ青な日だったと言う。戦争に関わる事柄に季感を規定すること自体、無意味なことなのかもしれない。六年生のもよさんは原爆ドームの展示資料を見て固唾を呑んだ。自分と同い年の写真の少女は永遠にこの姿のまま、と。子が自ら戦争と平和を考える瞬間。（「女のしんぶん」平元・8月）**季語＝広島原爆忌（夏）**

7日

涼しさや赤子にすでに土踏まず

髙田正子

立秋は年によって七日だったり八日だったりするが、長女が生まれた十七年前の今日は夏の最後の日だった。涼しというのは季感を超えた実感でもある。LLサイズの赤ん坊だったせいで腱鞘炎になったが、ひとつひとつのパーツが大きくはっきりしていて新米の母には幸いであった。はからずも手にした思いのほか精巧な玩具のごとく、その日以来、赤ん坊は私の興味を引いてやまない対象となった。（『玩具』平6）季語＝涼し（夏）

8日

韮咲いて郵便受に赤子の名

橋本　薫

作者は大阪の中学の音楽の先生である。迫力があるので最初はひるむが、知り会えてよかったと思うタイプの人だ。私が関西で暮らした九年の間に、もっとも親しく往き来したのが彼女である。生まれたと知らせたら、退院を待ってすぐに訪ねてきてくれた。「来たで〜」というのが日頃の挨拶であったが、その日は郵便受の名前を目ざとく見つけ「涼花ってすずかって読むん？」と言った。（『なにはの端居』平17）季語＝韮の花（夏）

9日

涼しさや飛天の見する土不踏　　飴山　實

第一句集『玩具』のご縁で出会った人々の中で、私が最も影響を受けたのが作者である。ちょうど大阪に住まわれた時期に私も居合わせ、身近に学ぶ機会に恵まれた。ある日、私の「赤子」の句（八月七日の句）に触発された、とこの句を示された。飛天の土不踏と赤子の土踏まず、どちらも土は踏まないものながら、素材もアングルもまるで逆である。俳句の奥深さを垣間見た一瞬だった気がする。（『花浴び』平7）季語＝涼し（夏）

10日

かさねとは八重撫子の名なるべし　　曽　良

芭蕉に随行した奥羽旅行の途上、那須野で詠んだ句である。カーナビがあるわけでなし、果てしない野原をひたすら行くのはさぞかし心細いものだったろう。折から放し飼いの馬を見つけ、馬が止まったところまで借用という交渉がまとまった。鷹揚な契約ではある。あとをついて走ってきた子どものひとりが「かさねちゃん」。かわいい子であったのだろう。芭蕉も強い印象を抱いたようである。（『おくのほそ道』）季語＝撫子（秋）

11日

白を着て娘ざかりや涼新た　岩井英雅

派手派手しい色はむしろおばさんの色であって、若い娘にはこの句のようにすっきりした色が、かえってその美しさをひきたてる。むろん化粧などしなくても、ももいろのお肌は輝くばかりである。白と娘の相乗効果で、父の心には爽涼の風が吹き渡る。「子は恋をいきいき語り夕端居」同句集所収。岩井家の父と娘はなかなか佳き関係である。が、娘の恋話に相槌を打つ父の複雑な心境を、娘は知るまい。（『東籬』平12）季語＝新涼（秋）

12日

底紅の咲く隣にもまなむすめ　後藤夜半

大正生まれの伯父が、子どものころは木槿をあさがおと呼んでいたと聞いて、変なのーと笑った遠い記憶がある。その後、辞書を引く年齢になって「古くはあさがおといった」という記述を見つけたときの衝撃。大正が「古く」なのか、「古く」が残った田舎なのか、と。この伯父に娘はおらず、近かった私が何かと佳き思いをした。成人のお祝いの紬の着物、とか。今では形見となってしまったが。（『底紅』昭53）季語＝底紅木槿（秋）

13日

母亡くて母のごとくに盆支度　深津健司

昔から盆と正月は重要な年中行事である。日本人であることを思い出すよすがでもある。家の内外や墓の掃除に始まり、盆路の草刈り、霊棚のしつらえ等、さまざまな準備がそれぞれの家のしきたりにそってなされる。それを一手に差配してきた母が亡くなった。しかし今度は子によって、慌てることなく、母がしてきたごとく整っていく。この盆支度は家庭内古今伝授を果たした母の新盆かもしれない。（『切火』平20）季語＝盆支度（秋）

14日

大柄の父に大きな瓜の馬　美柑みつはる

作者は鳥取の大山の麓に生まれ、先祖代々の田畑を耕しつつ、「つまづきて畦の螢をふやしけり」となじみきったはずの身ほとりの景から鮮やかな一瞬を切り取って生きる人だ。農耕の年暦の中に父を送り、母を送る。大柄な父には痩せた馬では事足りぬ、と大きな瓜を選んだ息子。継ぐ者がいる限り、人は生き続けよう。「こほろぎや闇の深さに母の部屋」こちらは母上を送られた年の句である。（『亥子餅』平19）季語＝瓜の馬（秋）

15日

終戦日妻子入れむと風呂洗ふ　秋元不死男

終戦ではない、敗戦だ、と言う人もいる。そういう人にとっては、「終戦記念日」とはとんでもない言い草であろう。一方で、戦争を知らない世代の私には、敗戦の二文字は使いづらい。恨みだけを継ぐ気がするからだ。作者は戦時中新興俳句事件で獄中に二年を過ごした。詔勅を聞いて、これで人生がリセットできると心が軽くなった身の上である。そういう人もやはり、敗戦とは言わないだろう。（『万座』昭42）**季語＝終戦日（秋）**

16日

尚毅居る裕明も居る大文字　波多野爽波

多作多捨は作者の専売特許ではないが、「俳句スポーツ説」といえば作者以外の誰のものでもない。このネーミングは、性質は異なるが「花鳥諷詠」と同じくらいすごいと私は思う。およそ二十年を経た今この句を読むと、作者の満ち足りた心に反して悲しく、苦しくさえなる。作者はこの句集上梓の翌年急逝。作者を継ぐひとりであった裕明氏もすでに亡い。「その一角が大文字消えし闇　田中裕明」（『一筆』平2）**季語＝大文字（秋）**

17日

父母の思ひ出持たず鰯雲　藤平寂信

法名「寂信」となられる前は、信長と秀吉から一文字ずつとった名前をお持ちだったそうな。父上が出世を願ってつけられたのだという。その名の通り新聞社のトップに上りつめ、羨まれる人生を送られた。しかし作者は俗名を捨て、さらに父母の思い出はないと言う。深い事情はわからない。ただこの句の視線は父母を懐かしんでいる。遙かな幼年時代にまで思いを馳せる、遠くて広い視線である。(『嵐山』平10) 季語＝鰯雲(秋)

18日

色町へ石段下りて寺の秋　大峯あきら

今日は個人的理由による子どもの一句。色町、寺で連想する一篇がある。樋口一葉の『たけくらべ』だ。読書を好む家庭ではあったが、頻繁に本を買い与えられたわけではなく、手に入れた貴重な一冊をくり返し読んだ。長じるにつれ、美登利と信如をとりまく事情についても察することができるようになり、その都度新しい話を読む気分になった。すでに遠い遠い昔の話。(ふらんす堂ｗｅｂ俳句日記２００８年８月17日付) 季語＝秋(秋)

8月

19日

妻がゐて子がゐて孤独鰯雲　　安住　敦

地獄はたいがい地下深くにあるが、「孤独地獄」だけは山間曠野樹下空中どこへでも忽然として現れるのだという。このときは一面の鰯雲の下に現れた。妻も子もいて孤独ではないはずなのに、と、こんなときにも妻子の登場するところがこの作者らしい。『古暦』は久保田万太郎に師事して編んだ最初の句集である。すでに二冊の句集を出していたが、自らこれを以て俳歴の出発点とみなしているという。（『古暦』昭29）季語＝鰯雲（秋）

20日

いわし雲嬰をはじめて草に置く　　友岡子郷

赤ん坊は何をしても初めて尽くしである。初めての子であれば、親にとってもそれが初めてのことになる。ふにゃふにゃして頼りなげでありながら、大のおとなを何人も振り回すとんでもない存在である。この嬰は初夏のころ生まれた気がする。梅雨を眠り、真夏をやり過ごして、鰯雲が空を覆うころ、外に出てきたのだ。風に草の花がなびく中に降ろされて。輝かしく爽やかな鰯雲が優しく広がる。（『風日』平6）季語＝鰯雲（秋）

21日

妻告ぐる胎児は白桃程の重さ

有馬朗人

超音波写真という便利なもののおかげで、おたまじゃくしのようなわが子の姿を見ることができるようになった。とはいえ胎児の存在を日々感じる母体とは異なり、父なる人はどの段階から父としての実感を抱き始めるのだろう。作者は、ほら今これくらいよ、と白桃を手渡されたのかもしれない。まだそれほど目立たない妻のおなかの中身が、急に存在感を放ち始める。手に包み込んだ白桃が、熱く、重い。（『母国』昭47）季語＝白桃（秋）

22日

真処女や西瓜を喰めば鋼《はがね》の香

津田清子

真処女という言葉から連想するのは、草の香のするティーンエイジャーだ。制汗剤や香水の類をむやみに使わず、かといって体臭を野放しにすることもなく、自然でつつましやかな女学生である。暑さのせいだけでなく自ら発熱している身体が、西瓜の水分を得て磁器のようにひんやり鎮まってゆく。汗の名残をとどめながらも、爽快なたたずまいとなって新たな香を発し始める。それが鋼の香だろう。（『礼拝』昭34）季語＝西瓜（秋）

23日

勉強部屋覗くつもりの梨を剝く　山田弘子

子どもに個室など要らぬと思っていたが、方針を貫くことはかなわず、結局わが娘たちはそれぞれに部屋を持つに到っている。部屋に籠もっていても雰囲気は漂ってくるもので、かつては高校受験前の長女の部屋から出る勉強オーラが、わが小家に充満したものだ。それがはたと止んで久しいが、来年は長女大学、次女高校のダブル受験を迎える。この句のお母さんのように、いそいそと梨を剝いてみたいものだ。（『蛍川』昭59）季語＝梨（秋）

24日

次女に生れて朝顔の紺が好き　渡辺恭子

長女は「嫌い」を並べ立て、次女は「好き」をアピールする。一方、口にはしないが長女の「好き」は深く根元的でいずれ形になるが、次女から濫発される「好き」はそのまま宙に消えるようにも……。ある朝水をやりながら、やっぱり朝顔は紺が最高、と言った口が翌朝には、このピンク超かわいい、とのたまうのがわが家の次女である。さてこの句の次女は、紺の彼方に何を見ているのだろう。（『餅焦がす』平17）季語＝朝顔（秋）

25日

姉母似妹母似鳳《ほう》仙《せん》花《か》　坊城俊樹

姉と妹にはさまれた息子か、はたまた、妻に似たふたりの娘を持った父親か。息子ならば家庭内に父親という男の存在があるが、父だとすると女ばかりの中の黒一点である。うれしい反面ときには疎外感を覚えることがあるかもしれない。わが家の「父」は黒一点だが、それほど疎外されていないのは、姉父似妹父似だからかも。多数決では勝つ「母」が不本意を感じるのも、そこに由来する気がする。（『零』平10）季語＝鳳仙花（秋）

26日

鬼灯《ほおずき》に娘三人しづかなり　大江丸

鬼灯を鳴らした記憶がない。幼いころ、祖母から根気よく揉むように手渡された実をあえなく潰し、その後も幾度か試みたが、あの物体を楽器にする以前に放棄してしまったようなのである。これでは良いおばあちゃんになれないなあ。この句の娘たちは、只今実を楽器になすべく奮闘中。娘が三人寄って「しづか」だなんて。誰がいちばんうまく鳴らせるか競い合うのは、このあとである。（『はいかい袋』）季語＝鬼灯（秋）

27日

本郷に残る下宿屋白粉花《おしろいばな》　瀧　春一

近年増殖中のワンルームマンションと下宿屋とでは、見た目も家賃も違うが、いちばん大きな違いは世話を焼いてくれる人の有無であろう。その人の存在によって下宿人の生活の質も傾向も変わる。いわば親と子のようなものだ。それを煩わしく思う感情がある一方で、この句のような景には郷愁を覚える。白粉花の咲くたそがれどき、夕餉支度の音が響き、今にもいい匂いが漂ってきそうだ。（『硝子風鈴』昭46）季語＝白粉花（秋）

28日

蘭の香やむかし洋間と呼びし部屋　片山由美子

子どものころの客間にはソファと書棚とピアノとステレオがあって、そう、わが家でも洋間と呼んでいた。床はピータイル敷きで夏はひんやりと冷たく、冬には絨毯が登場した。到来物の立派な花はむろん洋間に鎮座。畳敷きの家族がくつろぐ居間とは、空気の温度も湿度も色も匂いも違っていた。今も実家に帰ればこの部屋はあるが、趣は異なる。蘭の香とともに時間を遡った彼方に、この洋間がある。（『風待月』平16）季語＝蘭（秋）

29日

秋暑き汽車に必死の子守唄

中村汀女

街中や公共の交通機関の中でベビーカーを見ることが断然増えた。若いママたちはファッショナブルで、誇らしげにすら見える。そんなことは昭和の初期には思いも寄らなかったであろう。この句の母は大必然があって汽車に乗ったものの、子がぐずりだし、祈るような気持ちであやし続けている。しかし母の困惑と居心地の悪さがマイナスの波動となって伝わり、子はてこでも泣きやまないのだ。（『汀女句集』昭19）季語＝秋暑し（秋）

30日

新涼の母国に時計合はせけり

有馬朗人

この句にはいわゆる子どもの姿は無い。海外から帰国するスマートなおとながいるのみだ。機内のシートにゆったり座り、フライトがまもなく終わるというアナウンスに耳を傾ける。滞在国の言葉で考え、会話をかわしてきた人が、滞在国の時を刻んでいた時計を改める。その瞬間である。母なる国をこれまでになく身近に感じ、胸が高鳴り始めるのは。パズルに最後の一片をかちりとはめこむときのように。（『知命』昭57）季語＝新涼（秋）

31日

八朔の山を見てゐる子供かな　大嶽青児

旧暦の八月一日は「田実の節句」などとも呼ばれ、一種の祝日だったようだ。今年（二〇〇八年）は今日が八朔で、加えて二百十日にもあたる。そうは言っても、子にはあまり関係のない祝日かもしれない。むしろ夏が行ってしまうことのほうが重大だろう。この子は、夏が来て輝きながら近づいてくるようだった山が、遠のき始めた気配を全身で受けとめている。ことに夏休みの最終日とあらばなおさら。（『笙歌』平19）季語＝八朔（秋）

九月

1日

新月や子は宿題の笛を吹き

岡本弘子

子どもがらみの知人友人と俳句の仲間が一致することは稀である。私はこの「稀」に恵まれたと思う。大阪時代、幼い娘ともども私を受け入れてくれた熟年吟行グループがある。今日の句は、娘たちが「大阪のおばちゃん」と呼ぶ方々の推薦による。「隣家の少女のリコーダーが、いつも同じ箇所でつかえるのを聞いているうちに、しっかり、と応援してしまって」と作者。新月が効いている。(「藍生」平17・1月号)季語＝新月(秋)

2日

吾妻《あづま》かの三日月ほどの吾子《あこ》胎《やど》すか

中村草田男

草田男の伴侶の呼び方は、吾妹から吾妻、吾子の母へと変遷するのだそうだ。世の中の夫婦がやがてお父さんお母さんと呼び合うようになるのと似ているが、それが作品にも反映されていたことを初めて認識した。俳句が日本的な詩であることを改めて思う。吾妻期の一句。草田男は気配のみの吾子にすでに父性を覚えている。月が太りゆくように、妻の腹も吾子も、父の感情も育ってゆく。(『火の島』昭14)季語＝三日月(秋)

3日

登校の児童九月の朝の風　大井雅人

わが市では小中学校に二学期制なるものが導入されたため、八月末に夏休みが明けても、まだ一学期の途中なのである。昔より暑いうえに、九月を新学期として受けとめられないなんて気の毒に、と母たちは思う。長く楽しかった休みのあとだから、必ずしも爽快な風が吹くとは限らないが、それでも「新」の意味は確かにあった。新しい風を受け、新しく向かう気持ちで一日を始められたのだから。（『大坂上の坂』平18）季語＝九月（秋）

4日

星ながれ胡座《あぐら》のなかに赤ん坊　中田剛

行儀が良いとは決して言えない私にしてこのスタイルは思いつかなかった。それは私が母であり、主婦であるからだと思う。胡座のなかに赤ん坊を据えて空を仰ぐとは、まさにお父さんのスタイルだろう。もともと作者には端近に出て夜空を仰ぐ習慣があったのかもしれない。いつものように悠久の宇宙に目を遊ばせていると、あ、流れ星。ふと目を落とすとそこには赤ん坊が。ああ父親になったのだった。（『中田剛集』平15）季語＝星流る（秋）

5日

いなづまやたらひにあかき赤ん坊　黒田杏子

赤ん坊はほんとうにあかい。これは私が長女を得たときの発見でもある。よその赤ん坊は服を着ているものだから、ずっと気づかずにいたのだ。あかいのはおぎゃーと泣く時期のうちでもごく初期で、骨と皮の間に肉がつき皺が伸びてくると、桃ん坊になり、やがて薄桃坊になって表情も豊かになる。この句の赤ん坊は只今沐浴中。稲妻の光に、命のかたまりのようなあかい全身をさらして。（『一木一草』平7）季語＝稲妻（秋）

6日

稲妻や子もなく天に哄《わら》ひかへす　栗島弘

ひとたび子を持ってしまうと、子のない世界はわからない。子は遠からず親を必要としなくなるが、そうなっても子のないことと同じではない。もし子がなければおとな本位の暮らしができ、膨大な時間とお金を自身に費やせる。それは満ち足りた人生と言えるだろう。たぶん子という要素を考えることさえなければ。作者が哄うのはそこだろう。いてもいなくても、子とはなかなかに悩ましいもののようだ。（『遡る』平10）季語＝稲妻（秋）

7日

鈴虫のための小さな茄子畑　石川秀治

鈴虫が何世代にもわたり命をつないで鳴く家なのだろう。鈴虫の糧のためだけに、毎年庭か菜園の片隅に茄子の苗を植える。それが「小さな茄子畑」だろう。夏休みの間は子どもが茄子当番を拝命していたかもしれない。子どもの小さな手がこのささやかな空間を育み、さらに小さな鈴虫を守る。今年もまた、鈴虫がわが世の秋を鳴き極める季節となった。畑の茄子も、盛りは過ぎたがなお健在だ。（『海坂』平17）季語＝秋茄子（秋）

8日

きりぎりす赤子の呼吸見てをりぬ　日原傳

赤子の穏やかな眠りは満足の証である。次に起き出すまでの束の間とはいえ、それを見守るひとときは至福のときでもある。このときの作者は幸福感にひたっているというより、むしろしきりに不思議がっている。小さな寝嵩が上がったり下がったり、これはたしかに呼吸という筋肉活動だ、などと。ＢＧＭに時雨のような虫の音ではなく、ぎーっちょんのリズムを選んだのはきっとそういう理由。（『重華』平5）季語＝きりぎりす（秋）

9日

菊の日の渚づたひに来る子かな

大峯あきら

今日は重陽。本来は陰暦九月九日の、菊花の盛りの頃の節句である。三月三日に桃の花が間に合わず、七月七日が梅雨のさなかであるのと同様の暦上の不都合だが、菊の日と呟けば佳き日和がまなうらに広がる。この句からは、すでに大人となって離れ暮らす子が親のもとへ向かう景を思った。親元を離れるその日まで毎日のように歩いた懐かしい道を、今思い出をかみしめるようにたどり来る子。（『吉野』平2）季語＝菊の日（秋）

10日

引越してきし子に畑の月のぼる

千葉皓史

大阪で生まれた娘たちを連れて関東圏に戻った最初の住まいは、巨大なマンション群の一角にあった。それまでの手狭で古い公団風の集合住宅とは違って、すべてが都会風に見えたが、ベランダに出るたび空の狭さに気分が沈み、窓はいつしか大きめの換気口にすぎなくなった。この子は逆に、都会から田舎へ引越してきたのだろう。畑の上の広い空に出た月を見て、記憶の中の家並を懐かしんでいるのだ。（『郊外』平3）季語＝月（秋）

11日

子供等の歌うて来るや杉の月　野村泊月

美しくそろった杉の秀の上に月が上がるころ、歌声が近づいて来たのだ。遊びに夢中になってつい帰りが遅くなったのだろうか。姿は見えないが、明らかに子どもたち。誰からともなく歌い始めたか、澄んだ声が冴え冴えと月光に立ちのぼる。野村泊月は西山泊雲の弟。ともに大正期の「ホトトギス」で活躍し「丹波二泊」の時代をつくった。ふたりの実家西山酒造の醸造酒「小鼓」は虚子の命名によるという。（『比叡』昭7）季語＝月（秋）

12日

つひに子を生まざりし月仰ぐかな　稲垣きくの

稲垣きくのの名は『花野』（西嶋あさ子編　平17）で知った。『冬濤』（昭41）で女性第一号の俳人協会賞を受けたほどの人だったが、私が俳句と出会ったころにはすでに作品を発表することもなく、そのまま亡くなって知る人が知るのみの存在になっていたからだ。が、思い出す人がいる限り人は生き続ける。「春燈」の後輩にあたる西嶋氏によって、きくのは現代に蘇った。自ら子は生まなかったけれども。（『榧の実』昭38）季語＝月（秋）

13日

約婚のふたりも椅子に小望月　及川　貞

先行して「ひとり子が得たるえにしや星まつる」の句がある。この「ひとり子」は作者の場合、ひとり残った子の意。かつて「栗むきぬ子亡く子遠く夫とふたり」と詠んだとき、留学中であった娘のことである。その娘が結婚を決め、ふたり揃って訪れ歓談しているのだろう。折しも明日に十五夜を控えた月が、皓々と照る佳き夜。明日を待つ心のこもる「小望月」を、季語に選んだ母であった。（『榧の実』昭30）季語＝小望月（秋）

14日

十五から酒をのみ出てけふの月　基　角

今夜は十五夜。だが十五夜＝満月とは限らないそうで、今年（二〇〇八年）の場合、満月は明日なんだとか。難し。夜を夜と思わない現代人がなくしてしまった感覚かも。基角は芭蕉の最古参の弟子。「華やかなること基角に及ばず」と去来が書いたように、都会的で豪放闊達な作風で知られる。十五歳のときから酒を呑み始めて、今も名月を肴に呑んでいるのだろう。それが何か。居直ってもいる。（『五元集』）季語＝今日の月（秋）

9月

15日

満月の屋根に子の歯を祀《まつ》りけり

福田甲子雄

抜けた下の乳歯は天へ、上の乳歯は地に向かって投げよ、と子どものころ教わった。一応言いつけ通りにしてはいたが、結局は屋根に乗っかったり、庭の砂利に交ざったりするだけじゃないか、と内心思っていた。天へ放っても放物線を描いて地に戻ってきたら永久歯はゆがんで生えるのか、とも。この句のように屋根に祀ると教わっていたら、敬虔な気持ちになれたかもしれない。今夜は満月。（『藁火』昭46）季語＝満月（秋）

16日

恋をせぬ娘恋せよ星月夜

中村昭子

同期入社の仲間たちは「結婚しないの?子ども産まないの?」攻勢にムッとしつつも抗い通せず、早い遅いの違いこそあれ、似たようなところに着地している。この件に関しては、その後年代を追って革新的になったり、揺り戻しがあったりしながら、それぞれに今風である。などと、すでに他人事で傍観者の私であるが、あと十年もすれば再び別の意味での当事者となって、この句のようにぼやいていそう。（『微笑』平19）季語＝星月夜（秋）

17日

ちちははの国に寝惜しみ星月夜　鷹羽狩行

「山形　三句」と前書がある。作者は山形の生まれであるが、自身の故郷というより父母の故郷であるのだろう。あまりに夜空が美しく、眠ってしまうにはもったいないなかったのだ。今の自分があるのは父母を育んだこの地があればこそ、と、かつて父母も仰いだであろう澄んだ夜空のもとで思いをめぐらす。生を授かった地で父母に思いを馳せることが、時空にふくらみをもたらしている。（『十三星』平13）季語＝星月夜（秋）

18日

ちちははに遠く銀河に近く棲む　上村占魚

作者は熊本県人吉市出身。東京美術学校に進学し関東圏に住んだが、その原風景は故郷の人吉にあり、幼くして実母を亡くした悲しみと望郷の思いを生涯抱き続けた。澄み渡った夜空を仰いでいるのだろう。遙かなはずの銀河が手の届くほど近くに見える。それなのに、わが故郷も父も母もこの銀河より遙かに遠い。父母の亡い故郷、触れることのかなわない父母への思いは、深く、悲しい。（『一火』昭37）季語＝銀河（秋）

19日

星流る美しき距離父母と子の　折笠美秋

筋肉の運動を司る神経系をおかされる病により、働き盛りの身にして自発呼吸ゼロの全身不随に陥った作者。器具を装着し、生かされている状態にある作者の目と口の動きを、妻が読みとり作品を発表し続けた。過酷な状況にあってなお「美しき距離」をとらえ得る魂。それは妻と長男長女の、祈りにも似た介護があったからでもあろう。これほど揺るぎのない美しさがほかにあるだろうか。（『君なら蝶に』昭61）季語＝星流る（秋）

20日

父がつけしわが名立子や月を仰ぐ　星野立子

幼いころ世話をしてくれた女性がもう十年も前に亡くなっていたことを父・虚子から知らされた日、帰路くよくよ考えては悲しい句を作り続けた作者。が、ふと「父がつけしわが名立子や」までが浮かび、吹っ切れた。そして、ひとつ威張ってみようという心意気で「月を仰ぐ」と付けたのだという。虚子而立の年に生まれた娘であるという矜持が、常に立子を支えた。昭和十年九月二十日の夜のこと。（『立子句集』昭12）季語＝月（秋）

21日

幼子にものしりの父牛膝《いのこずち》　上野一孝

子どもは目的に向かってまっしぐらに進む。手前に水たまりがあろうが草むらがあろうがお構いなしだ。ときにはその水たまりやら何やらが目的であることとすらある。ともあれ、よごれていて擦り傷の一つ二つは当たり前なのが子どもだ。この子も、自分では何だかわけのわからないものをたくさん付けて戻ってきた。これはね、いのこずちって言うんだよ。子のきらきら光る尊敬のまなざしがくすぐったい。(『萬里』平9) 季語＝牛膝(秋)

22日

子にうつす故里なまり衣被《きぬかつぎ》　石橋秀野

岐阜の生まれの私は、大阪ではたやすく関西訛に染まって暮らした。対して夫はずっと東京語で通したので、大阪生まれの娘たちは、外では関西弁、内では東京弁と自然に使い分けて育った。関東圏に戻ったときも、内外の区別が無くなるだけのことで何ら困ることはなかったが、次女の一語にのみ関西訛が残った。それは呼びかけるときの「せんせい」。幼稚園の先生から聞いてなるほどと思った話。(『櫻濃く』昭24) 季語＝衣被(秋)

9月

23日

母の留守木犀の香に眠りけり　飯島みさ子

「病床」と前書がある。母がいないだけで家がこんなに広く感じられるとは。心細さを木犀の甘い香に少し癒されながら眠るのである。作者は大正期のホトトギス作家。十三歳のころ母と俳句を始め、主に「女流十句集」や「婦人俳句会」を拠り所とした。四肢が不自由で病弱でもあったが、本人の努力と周囲の支えで好成績を残した。チフスのため二十四歳で夭逝。『擬宝珠』は父母の編んだ遺句集である。（『擬宝珠』大13）季語＝木犀（秋）

24日

秋桜われら土管で遊びしよ　正木ゆう子

かつて悪童連で秘密基地作りにいそしんだ資材置き場の原っぱ。今なら危険だと追い払われそうだが、昔は寛容だったのか、いい加減だったのか、それともこちらが聞く耳を持たなかったのか。土管はそれだけで基地にも潜水艦にもなった。中はいつも湿った匂いがした。丸く切り取られた向こう側には、宿題もお手伝いもない別の世界がありそうに思ったけれど。ただ秋桜が揺れるばかり。（『静かな水』平14）季語＝秋桜（秋）

25日

曼珠沙華どれも腹出し秩父の子

金子兜太

作者の初期の代表句の一つ。秋の彼岸のころになってもまだそんな格好で遊び回る子どもたち。その姿に作者は自らの子ども時代を重ねているのだ。いつしか作者自身が幻の子となって、群れに交じって一緒に駆け出しているのであろう。曼珠沙華は、秩父の広やかで色彩に富む秋の景の象徴である。あの花茎のみが土からにょっこり伸びた姿は、どこか「腹出し」に通じるものがあるような気もする。（『少年』昭30）季語＝曼珠沙華（秋）

26日

無言館めぐる無言や昼の虫

半田順子

無言館は長野県上田市にある戦没画学生慰霊美術館である。太平洋戦争のため前途を絶たれた若き画学生たちの作品が展示されている。もとより絵画は声を出さないが、それだけに心で受けとめる声は増幅され、深く共振する。この世に無事生を受け、あふれる才能に恵まれていた若者たちの、行き場を失った夢や希望が無言で渦巻く空間。いつしか訪問者も無言に。ああ、どこかで虫が鳴いている。（『再見』平20）季語＝虫（秋）

27日

今はせぬ子の心音よ虫すだく　　高田正子

胎児の拍動を聴きながらいきんだりゆるめたり。出産は母と子の連携プレーで進んでゆく。私の最初のお産は静かなものになってしまった。虫の音と電灯のじりじりだけが妙に耳についた。両親は、私が残ってよかったと泣いていた。私は涙さえ出ず、襤褸のようにただ眠った。その日からもう二十年たつ。早春のある風の日、ふとこんな句ができた。「少年の空より戻り風光る」こういう関係もまた。（『玩具』平6）季語＝虫（秋）

28日

うぶごゑのごとくに芒湧くところ　　友岡子郷

「我庭の良夜の薄湧く如し　松本たかし」を黒地に描いた金色の薄とすると、この句の芒は白地に銀色だ。ふたりのすすきには静かな力が張っている。泉がとうとうと湧くように。風は無くてもよい。すすきはすでにそよぐフォルムをしているのだから。この句の芒は「うぶごゑ」により圧倒的な新しさを帯びた。朝の光を宿し始めた芒だろうか。どこか不安定で夢の景のようにも思える。不思議な句だ。（『葉風夕風』平12）季語＝芒（秋）

29日

手を出せばすぐに引かれて秋の蝶

高浜虚子

『慶弔贈答句』は文字通り贈答句のみを収めた一冊である。「虚子はほんま凄いし」と大阪の福本めぐみさんが見せてくださったのはひと昔前。チビたちをぞろぞろ連れて淀川の野焼を見に行った日であった。この句には「孫、高木防子追憶」と前書がある。防子《さきこ》は五女高木晴子の娘である。昭和十六年作。手を差し出せば素直につなぎ、一緒に歩いてくれたよ、あの子は。秋の蝶がちらちらとまたたく。（『慶弔贈答句』昭21）季語＝秋の蝶（秋）

30日

露の世は露の世ながらさりながら

一茶

五十歳で柏原へ帰郷した一茶。若い妻をめとり三男一女をもうけながら、子らはつぎつぎに夭逝した。中でも長女さとは、やっと「おらが春」の到来を思わせる一茶の宝であった。この句は疱瘡でさとを失った慟哭の句。さと一歳一か月。この世は露のようにはかない。そんなことわかってはいるんだけれど。中七を「得心ながら」とする旧作がある。リフレインと踏韻により時空を越えて残る一句となった。（『おらが春』）季語＝露（秋）

十月

1日

膝の子も無言台風来る夜なり　有働　亨

幼いころ、私は父の、弟は母の膝で夜を過ごすのが常であった。台風が近づくと電力会社勤務の父は帰らず、そんな夜は膝をなくした心細さにそわそわした。父の帰りを起きて待つと言い張っていても、幼い私はいつしか寝入り、台風一過の眩しい朝日の中に父の姿を認めるのが常だった。なぜか台風というと夜の記憶ばかり。今でも台風接近が夜にさしかかると、背筋に緊張が走る。（『汐路』昭45）季語＝台風（秋）

2日

誕生や赤き木の実に赤き鳥　今瀬剛一

赤。新しい命誕生の報を受け、安堵と歓喜の視野に飛び込んできた色彩である。命のかたまりのような赤子の色であり、おそらく作者自身とつながり合う血の色であろう。「要介」と前書がある。男の子である。このとき作者は、童謡を子守唄のように口ずさんでおられたかもしれない。あ～かいとり　ことり　なぜなぜあかい～♪と。現実の名を越えて、木の実も鳥もいよいよ赤く、めでたい。（『水戸』平19）季語＝木の実（秋）

3日

父といふしづけさにゐて胡桃割る　上田五千石

妻が幼いわが子と寝室へ去ったあと、ひとりで胡桃を割っているのだろうか。さっきまで子がいて賑やかに過ごしていたこの部屋に、今は胡桃を割る音だけが響き、静けさがますますつのるようだ。この静けさは、子がこの世に存在しなかったころの無音とは異なる。子の健やかな寝息を秘め、父として負った責任をかみしめる静けさである。覚悟を伴うしみじみとした嬉しさに、また一つぱちんと胡桃を割る。（『田園』昭43）季語＝胡桃（秋）

4日

酒も少しは飲む父なるぞ秋の夜は　大串　章

前書に「故郷より吾子誕生の報至る」とある。第一子である。出産のため妻を里へ帰した夫のもとへ、無事誕生の知らせが届いたのだ。ひとり静かに祝杯をあげ、故郷の妻子へ思いをはせる。まだ名の無い吾子よ、きみの父は酒飲みなのではないよ、なにしろ今日は特別だからね、とまだ見ぬ吾子にテレパシーを送る。「秋夜汽笛を汝が父はいま聴きゐるぞ」本当はすぐにでも駆けつけたい父なのである。（『朝の舟』昭53）季語＝秋の夜（秋）

5日

そばかすをくれたる父と新酒汲む　仙田洋子

親の顔は、よく知っているつもりでも意外に見落としがあるのだろうか。しげしげと眺める機会があると、わが親はこういう顔であったか、などと思う。父と娘が差し向かいで新酒を酌み交わす至福のとき。父の頬がほんのりと染まりそばかすが映える。娘は自分のそばかすが父譲りのものであったことを改めて思う。そして昔は嫌いだったそばかすが、今では愛おしくなっていることに気づくのだ。（『雲は王冠』平11）季語＝新酒（秋）

6日

黒葡萄のごとし難民少女の瞳　山下知津子

この句のような季語の使い方に対して季感の有無を問う向きもあるが、私は逆に、有季の句に季語として使われているのならば、そこから季感を汲めばよいと思っている。難民少女にも少年にも私は会ったことはないが、作者は社会的な活動を通して、実際にその瞳に真向かっているのだろう。少女の潤んだような瞳をみずみずしい黒葡萄にたとえながらも、そこに深い秋の愁いを認めているのだ。（『髪膚』平14）季語＝葡萄（秋）

7日

秋鰺によごれてをみなごの箸も　　川崎展宏

昔々まだ現代のような汚物処理設備がないころ、ある男が女を思い切るために女の使用済おまるを奪取した。するとそこには得も言われず芳しきモノ（実はお香）が少々。男はますます恋いわたったとサ……。何かを食すること自体があり得ないほど清らかなる年頃が女の子にある（らしい）。男は何を喰らおうがどうせむさ苦しいから構わんが、おみなごがこのようないや秋鰺はうまいけど、の心かな？（『義仲』昭53）季語＝秋鰺（秋）

8日

よろよろと棹がのぼりて柿挟む　　高浜虚子

虚子の弟子松本たかしは長く鎌倉浄妙寺に住んだ。そのたかし庵での鎌倉句会の折の句。庭にたわわに実った柿の木があったのだろう。誰かが目の前で採ってみせたのではなく、塀の向こうに突如棹が生え出たのではなかろうか。もっと右、いや左、と小鳥の騒ぐような声もして。子の力に余るほどの長さの棹を調達し、見つからぬようこそっと伸ばしたはずだったが。よりによって句会の当日で目撃者多数。（『五百五十句』昭18）季語＝柿（秋）

9日

山門を子の声くぐる柿明り　上野龍子

今私が住んでいるのは禅寺丸柿発祥の地と呼ばれる町。つゆほども知らずに来たが、棲み古るにつれ、植生に似たものが人にもある気がしてきた。私の故郷は富有柿の産地。遺伝子レベルに刷り込まれた柿に誘われるようにして到った地とも思う。すでに単なる住宅地にすぎないが、ときにはっとする景に出会って心を逸らせることがある。この句、柿明りがいい。作者も近い遺伝子を持つ人に違いない。（『中洲』平18）季語＝柿（秋）

10日

柿たわわ妊婦一行通りゆく　坪内稔典

妊婦一行をどう解するかは人によって違うだろう。私は子育てグループの一行を思った。同年代の子どももどうしで遊ばせたい、ついでにママ友も欲しい、というニーズに対応する活動は、津々浦々いろいろな形で存在する。第一子のために入会したママたちは、二〜三年離して次の子を産んだりするから、かくして幼児連れの妊婦ご一行が出現することになる。重そうな、楽しく明るい一行である。（『百年の家』平5）季語＝柿（秋）

11日

窓ごしに赤子うけとる十三夜

福田甲子雄

ひと月前の十五夜と今日の十三夜、どこがいちばん違うだろう。月の微妙な丸味とか明るさとか、供え物の中身だとか。いろいろあるが私なら気温と答える。子らをそばで遊ばせながら、月を見て涼む感覚だったひと月前。それが今では夜は肌寒いほどだ。ひょいと窓から差し出された赤子をほいよっと受け取って。そのぬくみを胸に仰ぐ後の月というのもなかなかよい。赤子の手足がぱたぱたと喜ぶ。（『白根山麓』昭57）季語＝十三夜（秋）

12日

からすうり攫《さら》はれぬやう子を肩に

藤田直子

秋祭のような、つないだ手が離れてしまいそうなほどに混みあった所を、子を肩車して進んでゆく。はぐれぬよう一体化するためといっても、抱っこではただの甘えん坊に見られそうで、子どもにもプライドの傷つく年頃がある。その点肩車なら遊びのようで、いつでもどこでもOKだ。視野がぐんと高く広くなって、気分上々。何が見える？　レーダーは答える。あそこにまっ赤に熟れた烏瓜を発見！（『秋麗』平18）季語＝烏瓜（秋）

13日

運動会線路を越えて帰りけり　岩津厚子

十月十日が体育の日だったころ、運動会の順延などまずなかった。比べて第二月曜の体育の日は降水確率が高いと思う。天気に振り回されては十月十日時代を恋う、そんな人が私の周りにもたくさんいる。この句の運動会は快晴だったろう。心地よく疲れてわいわい帰る。途中越えるのは踏切ではなく線路だ。広い野原の真ん中で。真っ青な空に目を移すと、おや、そこにも家族の影が歩いている。（『快晴』平18）季語＝運動会（秋）

14日

妊りて短かき膝に林檎むく　大岳水一路

妊婦のおなかが前にせり出すと男の子、安定よく横にも張れば女の子と言うらしい。が、私は中身が娘のときも、横幅はそのままで前へ前へと出た。まず歩くとき足もとが見えなくなった。足の爪は遠くて切れない。食事の支度のときは、体を斜めにしてアプローチした。林檎の皮はもしかするとおなかの上に垂れていたかもしれない。あんなに変形したのだもの、元通りにならなくたって当然だな。（『壁画』昭53）季語＝林檎（秋）

15日

栗飯を子が食ひ散らす散らさせよ　石川桂郎

前書に「久しぶりに米一日分を受配す。山の落栗を拾ひ来させて　即ち」とある。昭和二十一年。戦後の食糧事情のもとでの句である。同時期に「蟷螂に腹へつて妻を子を叱す」を収める。空襲の無い日々は戻ったが、おとなが苛立つほどの空腹に育ち盛りの身で耐えねばならぬ不憫さ。しかも作者の子はまだ入学前の幼さであった。久しぶりの米の飯だ。むさぼり食ったっていいじゃないか。（『含羞』昭47）季語＝栗飯（秋）

16日

制服に林檎を磨き飽かぬかな　林　桂

青春ドラマ華やかなりしころ、私はティーンエイジャーだった。放られた林檎を片手で捕ってしゃきっと齧るシーンなどは何度見たか知れないが、その都度ほれぼれと見入ったものだった。わが家では林檎は皮をむき、分け合って食べるものであったが、映像の魅惑に勝てず、ひそかに丸のまま齧ってみたことがある。味は林檎のまま変わらなかったが、磨くとぴかぴかになるのが快かった青春の記憶。（『銅の時代』昭60）季語＝林檎（秋）

17日

草もみぢ赤子目覚めてにこにこと

渡辺純枝

長女は目覚めるとサイレンのように泣く子だった。目覚めのたびに憂き世に生まれ直す気分なのかしら、ごめんよ、とあやしたものだった。対して、ふわーっと目を開け、うっとり笑うのが次女の目覚めであった。あうあうと声を出して遊び出し、それでも気づいてもらえないと、あーいと母を呼んだ。長女の外遊びにつきあって外寝三昧だった次女の目覚めは、居合わせた者すべてを幸せにした。(『環』平17) 季語=草紅葉(秋)

18日

秋空にさしあげし児の胸を蹴る

福田蓼汀

たかいたかーいと言いながら掲げ上げると、全身で喜びを表す子ども。それがエスカレートして、放り上げて抱きとめるような荒技を娘たちにはよくやった。極端に振り回すのは脳に支障が出て危険らしいが、その喜びようを見て、基本的に子どもは荒っぽいことが大好きと私は確信した。ともあれ、秋の高い青空に子をさしあげ、そのあふれる喜びを二本の腕だけでなく全身で受ける。幸いなるかな。(『山火』昭23) 季語=秋空(秋)

19日

秋深しわが子やさしう抱かるゝ

長谷川春草

大阪にいたころ、周りは揃って男の子ばかりだった。長女は男化して交じって遊び、三歳下の次女は貴重な女の赤ちゃんとしてもてはやされた。上の階の三人兄弟のママからは、実母からよりよほど上質の待遇を受けていたと思う。ある日擦りむいて上のママに抱かれて来た次女は、母の胸に静かに戻ると頬を寄せ、深々と息を吐いた。あのときの吐息にはたしかに「秋深し」の響きがあった。（『春草句帖』昭4）季語＝秋深し（秋）

20日

子の頭秋の円光いただけり

山口誓子

幼稚園児のころ、先生が私の髪を撫でながら「子どもの髪はつやつやで羨ましい」と言うのを聞いた。そのとき私はなぜか先生同士のお喋りの場に居合わせたのだ。帰宅して早速母の鏡台の前に陣取り、一重でしかないがたしかに黒くて光る髪であることを確認したのだった。それがいつのまにかの褐色のくせ毛である。エンジェル・リングは、天使の時期を過ぎると消えてしまうものなのかもしれない。（『激浪』昭21）季語＝秋の日（秋）

21日

母と子に夜も木の実の落ちしきる

橋本多佳子

九月一日にご紹介した「大阪のおばちゃんたち」が推薦する句その二。父のいない家、木の実が音をたててしきりに降って来る家で、母と子が心をひとつにして暮らしている。現在形で叙されているが、第三者にとっては思い出の中の景のようでもある。殊にすでに子が独立した世代は、昔懐かしい情景をそこに認めるのではなかろうか。私も娘たちが幼かったころの思い出に、ついひたるのである。（『信濃』昭22）季語＝木の実（秋）

22日

子は木の実われは佳き句を拾ひけり

佐久間慧子

子連れで吟行に行くと言うと「子連れで俳句ができるのか」とよく問われた。できるわけないじゃないか。もわもわとした何かが形になりそうになると決まって「おかあさん」と寄って来るチビがいるのだから。逃げた名句の数知れず、とうそぶくこともできて、その点では好都合だったが。いやしかし、ここに佳句をものした先輩ママがいたのであった。私は一緒に木の実を拾ってしまったけれど。（『聖母月』昭56）季語＝木の実（秋）

23日

鶴ばかり折つて子とゐる秋時雨　文挟夫佐恵

携帯用ゲーム機が子らの世界を席巻して以来、折紙もあやとりもぬり絵も棚の隅に永久在庫と化してしまったが、かつてはわが家でも「三大卓袱台文化」とか「お出かけ用三種の神器」と呼び習わして大活躍していた。ことに折紙はあらゆるパターンを母子で試した。が、結局残ったのは鶴。初めて折ったのも鶴だったかもしれない。この句の鶴は、夫が出征し残された母と子が肩を寄せ合って折る鶴である。（『黄瀬』昭41）季語＝秋時雨（秋）

24日

黄落のひかり突切る高校生　廣瀬直人

若いということはそれだけで美しい。でもそんな当然なことに気づくのは、とっくに美しさを失ってからのこと。自分にはもう取り返しがつかないから、つい子どもたちの身のまわりに口を出す。だからおばさんって嫌がられるんだな……。黄葉が降る、それ自体が光だ。そこに日の光が加わってこの上なく明るい中を、人生でいちばん美しい時期のひとがよぎる。三つの光が交差する、貴重な瞬間。（『日の鳥』昭52）季語＝黄落（秋）

25日

みんな留守紅葉明りの六畳間　河辺克美

みんなが揃うと賑やかな家庭なのだ。六畳間があふれそうになるほど。今は出払って誰もいない。ついこの間まで、おかあさん、おかあさんとまつわりついてきた子どもたちにも、最近では母の知らない用事もあるようだ。母がいないと何ひとつできないと思っていたのに、なんと小癪な。紅葉を透した日差しを受けて、母は六畳間を独り占め。ああ骨がのびること。でも何か足りなくて淋しい感じ。（『花野の麒麟』平19）季語＝紅葉（秋）

26日

休診の父と来てをり崩れ簗《やな》　黒田杏子

作者の父は黒羽の赤髭医師と親しまれ敬われた人。通常の診察と往診に加え、夜間や休日の急患に応対することもしばしばだったろう。聞くところによると医院のすぐ近くを鮎の川・那珂川が流れていたそうだ。休診の札をかけて父と出かける。少し上流まで散歩するくらいのことだったかもしれないが、父と娘だけの時間だ。水音の高まったシーズンオフの簗場に、二人きりの大切な時間が流れる。（『木の椅子』昭56）季語＝崩れ簗（秋）

27日

家を継ぎ父の鮭打棒もつぐ　小原啄葉

本州の中くらいの緯度を東西にうろうろするだけで過ごしてきた私は、鮭は殴打されて生を終えるのか、と今更のように思う。しとめるときに返ってくる衝撃を鮭の数だけ受けとめた棒とはどのようなものだろう。それは同時に人の命の糧を得るための棒である。手入れをされて、父の握り癖と一緒に息子に引き継がれていくのだろう。鮭の遡る川の音は、鮎の川より重いだろうか。北国の生業を思う。（『遙遙』平12）季語＝鮭打（秋）

28日

妻と子の寝嵩を跨《また》ぐ暮の秋　源　鬼彦

いっぱいに蒲団を敷きつめた一間だろう。幼稚園や学校へ出かける子どもたちと送り出す妻は、手前のほうで眠っている。夜遅くまで仕事をする夫は朝起きるのもいちばん遅いから、奥に蒲団が敷いてあるのだろう。小さな寝嵩、少し大きな寝嵩、大きな寝嵩……、なだらかな蒲団の丸味をいくつか越えて、静かに自分の床に滑り込む。少しひやっとした蒲団の感触に秋の終わりを感じつつ。（『海峡』平10）季語＝暮の秋（秋）

29日

露けさやこどもの声に目が覚めて　長谷川　櫂

今でも幼い足音が聞こえたような気がしてはっと目が覚めることがある。目は開いたものの、眠りが深かったときほど状況がつかめなくて、しばらく一心に考えてしまったりする。このときの作者も、すでに青年期に入ったわが子やよその幼児の現実の声ではなく、幼かったころのわが子の声に目が覚めたのではなかろうか。かつての単身赴任期間の目覚めとは異なり、しっとりと落ち着いた目覚めだ。（『蓬莱』平12）季語＝露けし（秋）

30日

宵寒の背中を吾子のつたひあるく　篠原　梵

長女の這ったり立ったりが遅めだったのは単にデブだからだと思っていたが、伝い歩くようになって慎重なたちであることを知った。一歳を過ぎても、どこかに指一本でも触れながら歩いていた。ある日歌いながらテーブルを回っていて、すうっと離陸するように私のもとへ。私以上に本人が驚いていたのはご愛嬌というものか。あれで結構伝う対象を選んでいたと思う。ときには父の背中を温めてあげたり。（『皿』昭16）季語＝宵寒（秋）

31日

たんたんの咳を出したる夜寒かな　芥川龍之介

前書に「越後より来れる婢、当歳の児を『たんたん』と云ふ」とある。大正十三年作。没後刊行の『澄江堂句集』は作者好みの技巧を極めた句を収めたものだが、実は作者には意外に素朴な写生と即興の句が多いという。「咳ひとつ赤子のしたる夜寒かな」（『芥川龍之介句集　我鬼全句』村山古郷編昭51）は本句集には未収の同年同時期作。「妻子は夙に眠り、われひとり机に向ひつゝ」と前書がある。（『澄江堂句集』昭2）季語＝夜寒（秋）

十一月

1日

あはれ子の夜寒の床の引けば寄る

中村汀女

昭和十一年春から十二年秋にかけて、中村家は主の転勤に従い仙台に暮らした。秋の急な冷え込みに驚く中で、かたわらに敷かれた末の子のまだ小さい布団が「少し離れ気味なのを見て」引き寄せたところ、思いのほかたやすく引き寄せられて「ぐっと胸がつまり、涙がこぼれそうになった」と自解する。母である作者自身の心が不安定だったのだろう。ふるさと九州を遠く離れて移り住む日々でもある。(『汀女句集』昭19)季語=夜寒(秋)

2日

肌寒やカンパネルラの席が空き

満田春日

かつては膝に乗せたり添い寝をしたりしながら毎日絵本を読んだ。いないいないばあ、の段階は声色を工夫して楽しんでいればよかったが、だんだん筋のあるものを読むようになると、子どもより母のほうが先に神妙になってしまうことがいくらもあった。「銀河鉄道」が「天上」にさしかかり、カンパネルラが消えるシーンもそのひとつ。何度読んでも心がふっと冷えた。不在の意味を知るうすら寒さだ。(『雪月』平17)季語=肌寒(秋)

3日

畦をゆくよき衣の子や明治節

五十崎古郷

十一月三日は明治天皇の誕生日を祝う日であった。戦後、新憲法の発布を記念して制定し直され、文化勲章の授与や文化祭などの行事が催される日となった。だから十一月三日は明治節であり文化の日であるが、明治節＝文化の日ではない。あるときを境に意味も価値も変わった今日。この句の子にとっては、よそ行きを着せてもらった日として、生涯明治節であり続けるのだろう。（『五十崎古郷句集』昭12）**季語＝明治節（秋）**

4日

母こぼれ降りる秋晴れの市電より

桂　信子

幼かったころ、街へ行くにはバスではなく路面電車に乗った。車が途切れるのを待って道路の真ん中の停留所に渡り、電車の手すりにつかまって背丈ほどもあるステップをよじ登る。降りるときもまっさかさま。いつもおとなと一緒だったが、高い高いステップが幼児には脅威であった。外出のためにクリアする要件だと当然のように思っていたが、考えてみたらお年寄りにも危ない乗り物だったのだ。（『女身』昭30）**季語＝秋晴（秋）**

5日

駅弁のつめたし母と雁見て居て

阿部完市

空の広い駅のホームで駅弁をほおばっている少年を思った。少年は小学生。学帽を被って詰襟に短いズボンの制服を着ている。隣の母は着物だ。母は何も食べずにただ遠くを見ている。少年は、どこへ行くのと聞きたいのに聞けず、ただ黙々と口を動かす。ほおばった物の温度が口の中の温度より低くても、ふだんなら駅弁というだけで嬉しい。この冷たさは何か大きな不安が少年をとらえている証拠だ。（『無帽』昭33）季語＝雁（秋）

6日

行く秋や紙をまるめて遠眼鏡《とおめがね》

吉岡桂六

紙を筒状にして「望遠鏡」を作って遊んだのは小学生のころ。裏山の松の枝に立ったり坐ったりして覗いてみたこともあった。『彦一とんち話』を読んだときは、「遠眼鏡」と言えば天狗が出てくるかな、などと思ったりして。そう、私の世代が作ったのは遠眼鏡ではなく望遠鏡。では娘たちは？　筒の両側から覗きあってくすくす笑った覚えはあるけれど。こんなところにも世代の違いが出てくる。（『遠眼鏡』平13）季語＝行く秋（秋）

7日

山の子が独楽《こま》をつくるよ冬が来る　橋本多佳子

海の無い県に育った私にとって、独楽とはもっぱら木の実か牛乳瓶の蓋で作るものだった。海辺の子から貝で作る話を聞いたときには、本当に驚いた。しかし何でも独楽にすることは可能であって、教科書、筆箱は言うに及ばず、学校の机（スチールではなく木製の）など回り方に個性があって面白かった。冬は室内の遊びが多くなるが、大人の賛同が得られないことも多くてなかなか難しい。（『紅絲』昭26）季語＝立冬（冬）

8日

太陽が赤くて赤い冬紅葉　高田涼花（当時小四）

六月八日に小二のときの句を紹介した長女すずかである。この日は「楡の会」という女性ばかりの超結社の句会に連れて行った。正確な日付は忘れたが、うらうらと晴れ渡った吟行日和の一日だった。紅葉の綺麗な小さな公園で、もう冬だから冬紅葉と言うんだよ、と教えた。どれもみんな赤い、と呟いていたようだったが。欧米人の太陽は黄色なのだそうだ。赤い太陽は日本人の血の証かもしれない。季語＝冬紅葉（冬）

9日

遊ぶ子に松葉の匂ひ日短か

武藤紀子

一日山で木登りをしたり、落葉をきらきら降らしたりして遊んできたのかもしれない。日暮が早いから早めに降りてきて、庭先で遊びの続きをしているのだろう。山幸海幸ではないが、俳人にも山の人と海の人がいると思う。山と川に親しんで育った私は完全に山側の住人で、湖を見ると大きくて驚くし、海は広くて気が遠くなる。作者は金沢生まれで愛知県に住む人であるが、山の人の匂いがする。(『円座』平7)季語＝短日(冬)

10日

縄とびの子が戸隠《とがくし》山へひるがへる

黒田杏子

かつて山口青邨指導の東大ホトトギス会が三四郎池のほとりで開かれていた。もともとは東大学生俳句会の例会であったと聞くが、私が知ったころには、学生もいる平均年齢の高い句会となっていた。この句にはその会の清記用紙上で出会った。披講者が読み上げるたび「ももこ」と独特の響きをもつ名乗りがあがった。翌年の春先、私は作者と初対面の挨拶を交わすことになるが、それはまた先の話。(『水の扉』昭58)季語＝縄とび(冬)

11日

幼子とながきはなしの日向ぼこ　千葉皓史

わが家の場合、長女はキーワードを突き刺すように配置して話を終えるが、次女の話はとりとめなく延々と続く。子どもの話の長短は、たぶんその場で自分がどう扱われているかによるのだ。この幼子は、言葉を単語の形で発する段階から、紡いでいくことに興味が移る時期を迎えているのだろう。相手に何かを要求しているのではなく、伝えることが楽しいのだ。この日向が続く限り終わらないお話。（『郊外』平3）季語＝日向ぼこ（冬）

12日

幼な児の乳首のやうな帰り花　上野一孝

わが庭では今、石楠花が狂い咲きしている。まだ小さな木ではあるのだが、今年は本来の季節に花をつけなかった。昨今の天変地異の申し子のようで胸が痛む。この句の帰り花は、思わず笑みがこぼれ胸に灯がつく咲きようである。幼な児の乳首というのは、すべてがセットされている造化の妙を思わせる存在。形や雰囲気の相似だけでなく、ここにこれのあることが不思議で可愛いと言っているのである。（『萬里』平9）季語＝帰り花（冬）

13日

赤ちゃん健診ちんぽこばかりの小六月　細谷喨々

小児科の医師は子どもが好きでなければ務まらないが、好きだから務まるというものでもないだろう。作者は小児癌の専門家としてあまたの命を救い、また見送ってきた。この句の幸せなエネルギーに満ちた景は、小六月と響き合って眩しいほどだ。小児科の医師でよかったと思う瞬間ではなかろうか。検診ではなく健診であるところにものどかさが漂う。なにしろ赤ちゃんは裸がいちばん可愛いし。（『二日』平19）季語＝小六月（冬）

14日

赤ちゃんの相手している冬青空　藪ノ内君代

冬青空が赤ちゃんをあやしているようにも、赤ちゃんが冬青空に語りかけているようにもとれる句。おそらく双方向の交歓を詠んだものだろう。集中「ふんすいの青空赤ちゃんの青空」という句もある。作者の「赤ちゃん」は瞳にいつも美しい青を宿しているようだ。「木枯の真下に赤子眼見張る　西東三鬼」不穏さを全身で感じている赤子。やはり赤ちゃんには青空のもとで機嫌よく育って貰いたい。（『風のなぎさ』平19）季語＝冬青空（冬）

15日

船長の父に抱かれて七五三　千々和恵美子

今年（二〇〇八年）の七五三は土曜日とあって、神様は各地で大忙しだろう。この船長さんちの子も七五三の年回り。若い船長である。氏神さまに詣でるのに船を出す。着飾って人形のようなわが子を抱き上げて、舵を取らせてみたりして。いや何も船長だからといって船とセットにしなくてもよいのだが、やはり船上の景として味わってみたい句だ。海も空も凪ぎ渡って今日を寿いでいる。（『鯛の笛』平19）季語＝七五三（冬）

16日

冬晴れの晴着の乳を飲んでをる　中村草田男

日曜日の今日も神社は七五三の賑わいに包まれていることだろう。さすがに七五三の子はもう乳を飲んだりはしないが、その弟妹は共に来てこういう仕儀と相成るだろう。この句の赤子はおそらく宮参りだ。『火の島』時代に草田男は二女の父となる。うぶすなの神様に初お目見えの日、さらさらと降る日を眩しみながら、顔より大きな乳房に吸い付く赤子。その母と子を草田男のまなざしが包み込む。（『火の島』昭14）季語＝冬晴（冬）

17日

妻病めば子等諍《いさ》かはず雪催ひ

相馬遷子

作者は戦後郷里の長野県佐久市に医院を開業し、馬酔木高原派のリーダーとして活躍した人。「山国に妻子住ましめ小六月」この山国を終の栖と定めた主に、妻と四人の子も従った。十一月の日差しを楽しむのも束の間、雪に閉ざされる日々が始まる。いつもは喧嘩もレクリエーションのうちとばかりに騒がしい子等だが、母が伏せれば神妙に。外は雪の来る気配に満ちて。（『山国』昭31）季語＝雪催ひ（冬）

18日

男の子一人まじりて大根引く

山本洋子

私の祖母は稼ぐ仕事は持たなかったが、自分の手で生み出せるものを買うことは決してなかった。母や私の暮らしを考えると、昔の暮らしを生涯続けた最後の世代と言えるだろう。大根も種から育てて収穫し、干して漬け込む作業を毎年当然のように行っていた。今の私ならそういう暮らしに興味を持てたかもしれないが……。大根引に一人まじった男の子は、どういう生き方を選んでいくのだろう。（『桜』平19）季語＝大根引（冬）

19日

父の忌の葱を抜きたる白さかな　石嶌岳

「生涯を葱食ふ父でありにけり」という句もあるところをみると、作者の父上は葱がお好きだったらしい。葱好きが食する葱となれば、やはり白い部分の充実した根深葱であろう。父上の急な要望にも応えられるように、石嶌家の庭には葱の畝があったかもしれない。白い部分を損なわぬよう、すらりと抜き放つ。父上仕込みの技かもしれない。凛とした葱を見て、あらためて父の不在を息子は思う。（『嘉祥』平18）季語＝葱（冬）

20日

少年の放心葱畑に陽が赤い　金子兜太

いつでもどこでも、きょろきょろちょんちょん小鳥のように囀り回る、それが子どもだ。じっとしているようなときは病気かもしれない。少年に限らず少女だって、周りから「らしさ」を押しつけられなければそんなものだ。それでもこの少年は呆然と突っ立っている。あまりに夕日が赤かったから。真っ赤に染まった広い葱畑。見渡すと少し恐い気がする。戦いの過ぎた野の果のような気もして。（『少年』昭30）季語＝葱（冬）

21日

人参は嫌ひ赤毛のアンが好き　山田弘子

『赤毛のアン』は子ども時代に読みそこねたシリーズの一つだ。なぜそう思い込んだのかまったく覚えていないが、ふわふわのブラウスを着てひらひらのスカートをはいている女の子しか、読んではいけないもののような気がして手が出せなかったのだ。同じ赤毛でも『にんじん』や『長靴下のピッピ』は繰り返し読んだのだけれども。アン派、アンチ・アン派、女の子には二種類あるかもしれない。（『草蟬』平15）季語＝人参（冬）

22日

蕪白し順縁に母送らねば　目迫秩父

作者は重篤な病の床にある。「息白く母の来ますに血を見する」老いた母をますます老いさせる現実を詫び、普通なら気が滅入る一方の病状にも、このまま死ぬわけにはいかないと気持ちを奮い立たせているのである。積極的に先に送ろうというのではない。逆縁は最大の不孝。順番を守ることが最低限の子のつとめと思い定め、身養生の熱い白蕪を吹き冷ましているところだろう。（濱代表作品選集『海音』大野林火編　昭33）季語＝蕪（冬）

23日

石蹴の子に道きくや一葉忌　久保田万太郎

石蹴は野原ではなく、せせこましく路上でやるもの。私も舗道には蠟石で、土の道には木の枝で石蹴り用の線を描いた。具合良く描けると、消えてしまわないよううまく更新しながら使ったものだ。だから昔は路地へ折れると、必ず石蹴の跡があった。今でも至る所に路地はあるが、石蹴の跡は見なくなって久しい。少なくなった子どもは部屋でゲーム三昧か。今日は一葉忌。勤労感謝の日でもある。（『流寓抄』昭33）季語＝一葉忌（冬）

24日

平気だと子の答へたる寒さかな　石田勝彦

何かに夢中になっているときの子どもは、暑さ寒さなどお構いなしだ。冬のさなかに、結果として水遊びになってしまうようなことも平気でする。そんなところで、そんな格好で、そんなことをしていて寒くないの？　ちょっと冷たいだけ、寒くない。でも子どもは風の子とは限らない。いい気になっていると、あっという間だ。全身が氷のようになって、身体の芯に熱の芽を抱いて帰ってくる。（『秋興』平11）季語＝寒さ（冬）

25日

叱られて次の間へ出る寒さ哉　　支考

支考は芭蕉晩年の弟子である。理論家で多くの俳論を書き残した。活動家で、地方を行脚し芭蕉晩年の俳風を伝えた。才気が過ぎて野心家と評されてもいるが、そんな人物が師に叱られてしゅんとして下がる様を想像すると、気の毒だが可愛らしくもある。「愛されずして沖遠く泳ぐなり　藤田湘子」をふと思った。いつの世も師匠と弟子の関係は、恋人どうしのようであり、親子のようでもあり。（『蓮二吟集』）季語＝寒さ（冬）

26日

しししし若子《わこ》の寝覚の時雨かな　　西鶴

祖母の家に泊まるときはいつも母と一緒だったが、弟が熱を出して私だけ残ったことがある。「お姉ちゃんでしょ」と言われることもなく、のほほんといい気分であった。が、湯たんぽを抱いて布団に入ってもなかなか寝付けず、そうこうするうちに用を足したくなってきた。外厠であった祖母の家。祖母は幼い私を抱えて縁側に出て、はい、しー。あのとき、たしかしぐれていたのではなかったか。（『両吟一日千句』）季語＝時雨（冬）

11月

27日

湯婆《ゆたんぽ》の湿りを抱いて眠りけり

辻　桃子

ひとりだけ残されて祖母の家に泊まった幼い私。もとより甘い祖母とまだ若く未婚だった叔父叔母から、最年少者として遇されてすっかりよい気分になった。が、すぐ退屈になり、夜までにはや里心がついてしまった。そうであってもそうは言えないのが長女のさが。初めての湯たんぽに心もと無さを覚えつつ、電気あんかにはない小さな海を抱く気分を味わいながら、眠りについたのであった。（『ゑのころ』平9）季語＝湯たんぽ（冬）

28日

幼稚園しぐれていまだ退けぬかな

久保田万太郎

次女は大阪で一年、神奈川で二年幼稚園に通った。神奈川のほうの幼稚園には延長保育制度があり、おかげで母は句会に出られるようになった。ただし園バスによる送りはない。日暮が早くなると待つ子も心細かろうと急いで迎えに行く。晴れた日は自転車、雨の日は歩きだ。皓々と灯りをこぼす園舎が見えてくるともう駆け足で。結局、子の片づけとやらに散々待たされることになるのが常だったが。（『道芝』昭2）季語＝時雨（冬）

29日

木々枯れぬうごく煙を吾子描く　加倉井秋を

富安風生が、定型に根ざした口語調が特色であると序に書いているが、この句も口をついて出たような詠みぶりである。動きをやめた木々の間を「煙は動いていくんだよ」と子が話しながら描いているのかもしれない。昭和二十一年作。大人が眉根を寄せて生きていた時代。動くものを動くままに表そうとする子の感性に、はっとしたことだろう。同年作に「笹鳴や吾子の描く絵に赤多く」も。（『胡桃』昭23）季語＝枯る（冬）

30日

子を叱りすぎたる懐炉落としけり　野中亮介

「叱る」と「怒る」は異なる。「叱る」には本来過不足は無いはずだ。叱りすぎ、とは、とどのつまりは怒りに走ってしまったということだろう。そしてそんな結果を招くのは、子の反抗的な態度にほかならない。第三者に言わせれば、子の反抗は智恵のついた証なのだが、当事者の懐はそれほど深くない。だから、懐炉を落としてしまったのは不覚というほかはない。すべてが笑いの渦に水泡と帰す。（『風の木』平9）季語＝懐炉（冬）

十二月

1日

ふつつかな娘といふは狩の犬

茨木和生

囲炉裏を囲んで酒を酌み交わしているのだろうか。炎の熱と酒の酔いが座を満たしてゆく。そうそう、この間うちの娘が、と野太い声で娘自慢を始めた親父がいたのだろう。ほほう、妙齢の娘さんがいるのか。なになに、耳聡い、足が速い？　なんだか風変わりな褒めようだな。鼻が利く？　こぞというとき大きく吠える!?　やっと「娘」が犬だと判明し……。ふつつかな娘は可愛くて自慢の娘だ。（『往馬』平13）季語＝狩（冬）

2日

ポインセチア獨唱の手の置きどころ

中原道夫

中学生の次女からいまだにキューピー人形の面影を払拭できずにいる私。姿形以上に押すと音の出るところがそっくりなのだ。耳がとらえた音を声で再現することが好きで、いつも何か音を出しながら動き回っている。だからかどうなのかこの句、「ポインセチア」が音の発信源であるように読めてならない。派手でかさばったドレスをまとった歌手。そのうつろう手が気になって気になって。（『巴芹』平19）季語＝ポインセチア（冬）

3日

いざ子ども走りありかむ玉霰　芭蕉

ぱらぱら。お、霰だ。さあ子どもたち、走りまわろうじゃないか。「玉」は美称であるが、文字通り玉のように丸くぱちぱち弾ける霰。美しいと言って見ているだけでなく、その中を走りまわり、踏みしだいて体全体で感じてみよう、と。『徒然草』で兼好法師は、積もった雪に足跡をつける下世話な行動に眉をひそめたが、芭蕉なら率先してやりかねない感じ。一緒に遊ぶなら芭蕉のおじちゃんがいい。（『智舟発句集』）季語＝霰（冬）

4日

遊ぶ子もなくて羽黒の大氷柱《つらら》　橋本榮治

羽黒山は出羽三山の一つ。今から三百二十年前、芭蕉も『おくのほそ道』の旅で訪れて「ありがたや雪をかをらす南谷」「涼しさやほの三日月の羽黒山」と詠んだ所である。修験者の殿堂だが、今では毎年俳句大会が開催され、季節によってはさながら俳人銀座の状態であろう。少々のことにはひるまない子らですら引き籠もってしまうほどの寒さが到来すると、ご神体のような氷柱があたり一帯を統べる。（『放神』平20）季語＝氷柱（冬）

5日

美しき生ひたちを子に雪降れ降れ　村上喜代子

ゆ～きやこんこん♪　と歌いながら雪の到来を心待ちにしていたら、母が嫌な顔をした。おかあさん、雪が嫌いなのかな。これが私の、親の気持ちを忖度するようになった始めだ。が、今同じ顔を私がしている。だってここは坂の町。年寄りも多く、雪が降ると危ないから。おとなはつい都合を考えるが、それでも雪を見た瞬間は心が華やぐ。子どもたち、華やぎをたくさん心に灯しながら大きくな～れ。（『雪降れ降れ』平3）季語＝雪（冬）

6日

雪だるま星のおしやべりぺちやくちやと　松本たかし

夜の雪だるまは孤独だ、と思うのは早計である。子らが去ると今度は星たちが登場するから。一番星、二番星、……無量大数の星が現れて銀色のおしゃべりが降りしきり、それはそれは賑やかな世界になるのだから。寡黙な雪だるまの静かな幸福。凍てた星はほかのどの季節の星より潤んで、激しく瞬く。「おしやべり」も「ぺちやくちや」も使い方ひとつでこんなに適った詩語になる。（『石魂』昭28）季語＝雪だるま（冬）

7日

スキー穿きこの子可愛や家はどこ　富安風生

「新潟雪見行五句」とある。「これを見に来しぞ雪嶺大いなる」と第一句で雪に満足し、あとは「畦の子供」や「汽車を見る子」、この句の「スキーの子」、「炉辺の子」ともっぱら子どもの姿に目を細めている。「子なければ妻とたうぶるさくらんぼ」実子はいなかったようだが、よその子へのまなざしがこの上なく優しい。でも現代だったら、まかり間違うとあやしいおじさんに見られる危険性も⁉（『松籟』昭15）季語＝スキー（冬）

8日

本売りに青年十二月八日　榎本好宏

ほかに「誰がために月満つ十二月八日」を収める。作者は昭和十二年生まれ。父上をアッツ島で亡くされ、幼時より長男として母を支えて戦時下を生きた人。「十二月八日よ母が寒がりぬ」（『方寸』平7）毎年この季題で詠むことを課しておられるのであろう。この句、神保町の古本屋街だろうか。本を売りに来た青年の姿に、かつての自分の姿を重ね合わせて。十二月八日、忘れてはならない日の一つ。（『祭詩』平20）季語＝十二月八日（冬）

9日

胎の子の火事を見つめていた記憶　対馬康子

幼いころ弟が、母の胎内には電球がひとつ灯っていたと言った。胎内が暗すぎて恐かったから点けたままにしておいてやったのだ、と私は惰眠を貪っていただけにもかかわらず虚勢を張った。ある日の深夜、サイレンが鳴り渡り、煙が届くほどの近所に火事が起きた。通っていた幼稚園の方角に橙色の炎が踊っていた。今でも瞼の裏にあの炎がよみがえる。「胎の子」の炎は今も揺れているだろうか。（『天之』平19）季語＝火事（冬）

10日

虎落笛《もがりぶえ》胎児は耳の形して　森田智子

昨日の子は胎の中で火事を見ていたのだという。今日の子は虎落笛を、聞いていているとは言っていない、全身で感じているのだ。何か大切な物を抱いているかのような胎児の姿は、本当に耳の形をしている。生まれ出るその日そのときまで。この句の胎児は、まだ母がやっと胎動を感じ始めたころの胎児ではないだろうか。母の五感が子に伝わる。そして子は母にしかわからない合図を返してくるのだ。（『掌景』平13）季語＝虎落笛（冬）

11日

もがり笛風の又三郎やあーい　上田五千石

『風の又三郎』を読んだのはいつのことだったろう。鉄棒にぶら下がって小学校の広い校庭を渡ってくる冷たい西風を受けながら、謎の転校生のことを考えていた日を思い出す。記憶の中ではそのとき正面遥かに伊吹山が聳えているのだが、さてどうだったか。この伊吹山が下ろす風に乗って初雪がやってくる私のふるさと。うす紫の伊吹山は雪の女王で、虎落笛はその家来とずっと思っていた。（『田園』昭43）季語＝虎落笛（冬）

12日

水痘の子に十方の雪明り　渡辺純枝

一生ものの免疫ができるとはいえ、水疱瘡に罹ると体が熱いし痒いし、伝染病なので外へは出してもらえないし、ちょっと辛い。今はすぐれた薬があるようで、次女が罹ったときには顔用にはそれを、と処方された。昔はどろどろした白い薬を塗るばかりで、私は全身に瘢痕がある。なんでも麻疹と同時に罹ったらしく、とびひになって凄まじかったらしい。ともあれ外は子を招くような雪、雪、雪。（『只中』昭60）季語＝雪（冬）

13日

冬の畦告解終へし子どもらに　加藤喜代子

田の中の教会だ。片隅のブースに入り、犯した罪を司祭を通して神に告げ、赦しを得る「悔悛の秘跡」。子どもらはその儀式を順番に終え、出てきたところなのだろう。おとなから見れば他愛のないことでも、子どもには重大だ。ましてそれを言葉にして表さなければならないとなれば。みな神妙な顔をして、畦道を伝って帰っていく。いつもならわーっと田面になだれ込むところだが、粛々と、一列に。（『聖木曜』平6）季語＝冬田（冬）

14日

父子来て冬田に杭を打ちはじむ　斉藤　節

性差は限りなくゼロに近い昨今であるが、母子でなければ、父子でなければ味わえぬ景もある。冬田に杭を打つというのも父と息子でして欲しい一つである。作者は現れた二つの姿を見て、その輪郭線から父子だと認識したのだ。乾ききった空気の中を、槌の音が冴え冴えと響く。「降る雪が父子に言をもたらしぬ　加藤楸邨」「父と子のあはひに雪の降り積る　福田甲子雄」父子はまた寡黙の象徴でもある。（『後の月』平9）季語＝冬田（冬）

15日

極月の言訳はなし青邨忌

黒田杏子

作者が既刊の四句集に残している青邨忌の句は、この句と「りんご煮てお写真を立て青邨忌」（『同』）の二句のみ。毎年詠まれているであろうことを思うと意外な気もするが、師に対する真摯な、まさに言訳のない姿勢であると解する。「りんご」の句が娘のような句であるのに対し、この句は厳しい。「極月」という後戻りのできない切迫感の中で、唇をひき結び、自らを叱咤激励する一女弟子。（『花下草上』平17）季語＝青邨忌（冬）

16日

共に剝きて母の蜜柑の方が甘し

鈴木栄子

冬休みが近づくと炬燵に蜜柑が恋しくなる。ぬくぬくした橙色の空間に足を入れ、目の前の蜜柑に手を出す。目の前の橙色は少しひんやりしている。すっきりした香りがあたりに漂うと、つられて誰かが炬燵に入りに来て蜜柑を剝き出したりしている。「剝いてちょっと酸っぱかったりすると、黙って母へ渡す。母は黙って自分の蜜柑と取替えて私に寄越す」と自解する。母の蜜柑は永遠に甘い。（『鳥獣戯画』昭53）季語＝蜜柑（冬）

17日

嬰児《みどりご》を抱けば毛糸のかたまりよ

山口波津女

子の無かった作者が甥の長男を抱いたときの感慨。「『毛糸のかたまり』に抱いてゐるみどり児の触感がまざまざと感じられる」と夫誓子が鑑賞している。浅井啼魚の娘で誓子夫人であった作者の人生は、さぞかし起伏に富んでいたことだろう。第一句集を『良人』と命名し、「男の雛の袖の中にて女雛立つ」と詠んだりもした作者には、「ノラともならず」と嘆くのとは違った女の一生を見ることができる。（『天楽』昭49）季語＝毛糸（冬）

18日

毛糸玉頰に押しあて吾子欲しや

岡本眸

子を持たなかった句には、女性性と母性が詠まれている。ブレンド率は人によって句によってさまざまであるが、この句は母性率が高い。詠まれているのは生む側の感情であるが、こういう人のもとに生まれて来る子は幸せだろうと素直に思える、生まれる側の命が尊重された句だ。ゆえに一層、作者の切なさを感じることにもなる。世にあまたある子を欲る句の中で、私はこの句がいちばん好きだ。（『朝』昭46）季語＝毛糸（冬）

19日

未婚にてふつとつめたき畳かな　正木ゆう子

親のもとで子として守られてあることが当然の期間、畳はたとえば横になれば限りない安息をもたらしてくれる存在、安住の地の象徴だろう。が、親は刻々年をとり、畳もどんどん古びてゆく。いつまでもこのままでと願いたいが、そういうわけにはいかないのだ。未婚＝自由であるが、単なる未決事項の一つと悟ったとき、自分の拠って立つ場所が急に心もとなく感じられてくる。そんな冷たさ。（『水晶体』昭61）季語＝冷たし（冬）

20日

埋火《うずみび》や夜学にあぶる掌《たなごころ》　白雄

ふるさとで受験勉強をしていたころを懐かしく思うことがある。まだ何の経験も実績も無く、あるのは若さというエネルギーだけなのに、ここでただ方程式を解いているだけでよいのか。そんなことを思いつつ、昨日の謎が今日はほぐれる楽しさにどっぷり浸る日々でもあった。あの日々はまんざら不要でもなかったと今は思える。世の中から受験が消えて無くならないのは、そんな思いのせいかもしれない。（『白雄句集』）季語＝埋火（冬）

21日

柚子湯してあしたのあした思ふかな　黒田杏子

「あしたのあした」は明後日のことではないし「思ふ」も段取りを考えることではない。ここ一週間ほどのスケジュールを確認して調整することくらいなら私にもできるが、五年先十年先はもとより一年先のことですら今の私には心もとない。「あしたのあした」を思うには、この先がずっと開けて続くことを、疑いもなく信じることができていなければならない。膨大なエネルギーが必要なのだ。（『木の椅子』昭56）季語＝柚子湯（冬）

22日

かの巫女の手焙《てあぶり》の手を恋ひわたる　山口誓子

思いの中に何かがクローズアップされてふうっと浮き上がることがある。柄のとれたスコップであったり、何かを一心にする小さな背中であったり、そのときは何気なく見ていたように思う物だ。この句には「春日若宮」と前書がある。昭和三年作。冷え切った舞殿の脇で、出番を待つ巫女が手を温めていたのであろう。すでに思い出の中の手である。作者は時空を越えてその手だけを思っている。（『凍港』昭7）季語＝手焙（冬）

23日

天皇誕生日その恋も亦《また》語らるる　林　翔

平成も二十年ともなると、さすがに「天皇」は今上天皇で「皇太子」は浩宮にほかならない。少なくとも祝祭日に関心のある現役世代にとっては、この世代交替はとうに既定の事柄となっているはずだ。かつての皇太子の「テニスコートの恋」も、若き妃殿下の美貌とともに今や歴史のカーテンの向こう側に。爽やかな史実として語り継がれ、いつか教科書に載ることだってあるかもしれない。（『あるがまま』平9）季語＝天皇誕生日（冬）

24日

聖夜眠れり頸《くび》やはらかき幼な子は　森　澄雄

この句集は「雪櫟夜の奈落に妻子ねて」という自らの序句に始まる「六畳一間の小家に」送る「親子五人の」「貧しい生活の記録」である。応召中の三年半を除く昭和十五年から二十八年、作者二十二歳から三十六歳の作品を収める。長男、長女、次男がそろって「さむさ睡て口のゆるびし三人子よ」という冬。森家にサンタクロースが来るかどうかは知らないが、幸せな熟睡が子に訪れている聖なる夜。（『雪櫟』昭29）季語＝聖夜（冬）

25日

少年に藁のにほへる聖夜劇

井上弘美

二千数年前、マリアと赤ちゃんイエスはどんなしとねに身をあずけたのだろう。麦藁？　まぐさ？　米の藁でないことだけは確かだ。触感も香りも農耕稲作民族の我等に染みついているものとは異なるはず。今日の劇のためにどこぞよりか今年の藁を調達し、芳しいしとねをしつらえた子どもたち。一日中その香りに包まれていたことだろう。でもやっぱり我等が子等だから、米の藁の匂いだったに違いない。（『汀』平20）季語＝聖夜（冬）

26日

指折りて母へ買物数へ日に

榎本好宏

街の飾り付けは一夜にして正月バージョンに大変身。もちろん家の中もクリスマス色を払拭すると同時にお正月色へとシフトさせる。数え日は本当は「御事始」あたりから始まるのだろうが、私の現実としては今日からである。さて、かつて若き母を支えて戦時の日々を乗り切った作者は、今も孝行息子である。あれこれ数え上げて母のもとへ届ける品々。わが夫にも煤逃を兼ねて勧めてあげよう。（『祭詩』平20）季語＝数へ日（冬）

27日

孫と遊び煤《すす》籠《ご》もりさせられてゐる

田川飛旅子

煤払の主婦の集中力をそぐものは、目の離せない子どもとすぐ空腹を訴えるおとなである。自ら煤逃を企てた場合は放念するとして、そういうおとなには買物に出てもらうという手がある。もれなく買って来てね、ゆっくりでいいから。祖父母世代には孫をセット。お互い少しずつ気を使いながらの平和な役割分担だ。孫も喜ぶ。本音を言えば煤逃のほうが魅力的だろうけれど。（『田川飛旅子読本』平7）季語＝煤籠（冬）

28日

手が見えて父が落葉の山歩く

飯田龍太

昔、母が列車事故のニュースを見ながら言った。片手しか残っていなくても、わが子のものだと母にはわかる、と。幼いながらその母の愛の景を想像して、思わず水疱の痕のある手を見つめた私であった。そのせいではないとは思うが、人の手のしぐさがとても気になる。手を見てその人と気づくことがあるほどに。作者は手と伝わってくる音で父を感じている。何か根源的なところを揺すぶられる句だ。（『麓の人』昭40）季語＝落葉（冬）

29日

ラグビーの選手集まる桜の木　田中裕明

ラグビーもサッカーも本来冬のスポーツであるそうな。と告げると昔のサッカー少年たちは大きく肯く。季節を問わない今日の隆盛ぶりに、サッカーには季感を抱けない私であるが、ラグビーについては、夏にリーグ戦があるにもかかわらず冬のものだと思っている。だから絶対にこの句の桜は裸木でなければならない。ラガーらは白い息を吐きながら、若いエネルギーを結集させている。（『山信』昭54）季語＝ラグビー（冬）

30日

大き死のあとに重き死年の暮　茨木和生

二〇〇四年、桂信子と田中裕明が逝った。俳誌「ゆう」七月号で二人の対談を読んだすぐ後でもあっただけに、呆然とするほかはなかった。私にとって田中さんは友人の伴侶であり、優秀な同い年であった。同い年には田中さんがいるからという安心感のようなものがあった気もする。作者の世代にとっては、子世代の期待の星であったろう。以来、埋めがたい大きな穴をぽっかり感じる小晦日である。（『椣原』平19）季語＝年の暮（冬）

31日

ゆく年の火のいきいきと子を照らす

飯田龍太

年越の神事のために焚く篝火だろうか。有名なのは京都八坂神社の白朮火であるが、同様の神事は各地にあろう。うぶすなの社に詣で、新しい年のために吉を分けていただくのだ。あるいは家族で囲んで焚く炉や囲炉裏の火であってもいい。火の色や勢いはある者には勇気を、またある者には安らぎを与える。子は火に似ている。作者は火のみならず、子の発するエネルギーにまた照らされている。(『百戸の谿』昭29)季語=ゆく年(冬)

季語索引

葵祭［あおいまつり］（夏）……86
青山河［あおさんが］（夏）……111
青簾［あおすだれ］（夏）……122
青葉潮［あおばじお］（夏）……98
秋［あき］（秋）……141
秋鯵［あきあじ］（秋）……172
秋暑し［あきあつし］（秋）……147
秋桜［あきざくら］（秋）……162
秋時雨［あきしぐれ］（秋）……180
秋空［あきぞら］（秋）……177
秋茄子［あきなす］（秋）……154
秋の蝶［あきのちょう］（秋）……91・165
秋の日［あきのひ］（秋）……178
秋の夜［あきのよ］（秋）……170
秋晴［あきばれ］（秋）……188
秋深し［あきふかし］（秋）……178
揚羽［あげは］（夏）……83
朝顔［あさがお］（秋）……144
紫陽花［あじさい］（夏）……110
汗［あせ］（夏）……90・91
あたたかし［あたたかし］（春）……30・88
暑さ［あつさ］（夏）……134
アネモネ［あねもね］（春）……71
甘茶仏［あまちゃぶつ］（春）……64
あめんぼ［あめんぼ］（夏）……100
霰［あられ］（冬）……206
杏の花［あんずのはな］（春）……68
苺［いちご］（夏）……85
一葉忌［いちようき］（冬）……198
稲妻［いなずま］（秋）……153
犬ふぐり［いぬふぐり］（春）……92
牛膝［いのこずち］（秋）……161
茨の花［いばらのはな］（夏）……88
鰯雲［いわしぐも］（秋）……141・142
インバネス［いんばねす］（冬）……18
浮いてこい［ういてこい］（夏）……115
浮袋［うきぶくろ］（夏）……116
兎［うさぎ］（冬）……20
薄氷［うすごおり］（春）……27
埋火［うずみび］（冬）……214
梅の花［うめのはな］（春）……39
梅の実［うめのみ］（夏）……101
瓜の馬［うりのうま］（秋）……139
瓜揉む［うりもむ］（夏）……110
運動会［うんどうかい］（秋）……175
遠足［えんそく］（春）……66
炎天［えんてん］（夏）……134
黄金週間［おうごんしゅうかん］（春）……73
白粉花［おしろいばな］（秋）……146
落葉［おちば］（冬）……218
泳ぐ［およぐ］（夏）……118

女正月［おんなしょうがつ］（新年）……14
海棠［かいどう］（春）……72
懐炉［かいろ］（冬）……201
帰り花［かえりばな］（冬）……192
柿［かき］（秋）……172・173
かき氷［かきごおり］（夏）……89
陽炎［かげろう］（春）……70・74
かざぐるま［かざぐるま］（春）……33
火事［かじ］（冬）……209
悴む［かじかむ］（冬）……16
風邪［かぜ］（冬）……15
数へ日［かぞえび］（冬）……217
蝸牛［かたつむり］（夏）……108
蚊取線香［かとりせんこう］（夏）……122
蕪［かぶ］（冬）……197
紙風船［かみふうせん］（春）……33
烏瓜［からすうり］（秋）……174
雁［かり］（秋）……189
狩［かり］（冬）……205
雁帰る［かりかえる］（春）……69
枯る［かる］（冬）……201
枯野［かれの］（冬）……21・92
蛙［かわず］（春）……71
寒満月［かんまんげつ］（冬）……17
祇園祭［ぎおんまつり］（夏）……123
菊の日［きくのひ］（秋）……155
雉［きじ］（春）……49
帰省［きせい］（夏）……133
狐［きつね］（冬）……19
衣被［きぬかつぎ］（秋）……161
着ぶくれ［きぶくれ］（冬）……15
キャンプ［きゃんぷ］（夏）……120
今日の月［きょうのつき］（秋）……157
きりぎりす［きりぎりす］（秋）……154
桐の花［きりのはな］（夏）……83
銀河［ぎんが］（秋）……159
金魚［きんぎょ］（夏）……94
金魚玉［きんぎょだま］（夏）……109
九月［くがつ］（秋）……152
草餅［くさもち］（春）……80
草紅葉［くさもみじ］（秋）……177
崩れ簗［くずれやな］（秋）……181
栗の花［くりのはな］（夏）……98
栗飯［くりめし］（秋）……176
胡桃［くるみ］（秋）……170
暮の秋［くれのあき］（秋）……182
啓蟄［けいちつ］（春）……45
毛糸［けいと］（冬）……213
夏至［げし］（夏）……107
華鬘草［けまんそう］（春）……75
紫雲英［げんげ］（春）……53
合格［ごうかく］（春）……51
黄落［こうらく］（秋）……180
五月［ごがつ］（夏）……82
こどもの日［こどものひ］（夏）……81
木の実［このみ］（秋）……169・179
木の芽［このめ］（春）……29
独楽［こま］（新年）……11
小望月［こもちづき］（秋）……157
小六月［ころくがつ］（冬）……193

冴返る［さえかえる］（春）……27
囀［さえずり］（春）……48
早乙女［さおとめ］（夏）……97
桜［さくら］（春）……57
石榴の花［ざくろのはな］（夏）……99
鮭打［さけうち］（秋）……182
実朝忌［さねともき］（春）……38
寒さ［さむさ］（冬）……198・199
爽やか［さわやか］（秋）……93
時雨［しぐれ］（冬）……199・200
七五三［しちごさん］（冬）……194
芝焼く［しばやく］（春）……36
霜［しも］（冬）……21
石鹸玉［しゃぼんだま］（春）……32
十三参［じゅうさんまいり］（春）……67
十三夜［じゅうさんや］（秋）……174
鞦韆［しゅうせん］（春）……32
終戦日［しゅうせんび］（秋）……140
十二月八日［じゅうにがつようか］（冬）……208
受験生［じゅけんせい］（春）……50
春暁［しゅんぎょう］（春）……38
春宵［しゅんしょう］（春）……48・72
春雪［しゅんせつ］（春）……31
春泥［しゅんでい］（春）……29
春夜［しゅんや］（春）……47
正月の凧［しょうがつのたこ］（新年）……12
小満［しょうまん］（夏）……89
白玉［しらたま］（夏）……124
新月［しんげつ］（秋）……151
新酒［しんしゅ］（秋）……171
新入生［しんにゅうせい］（春）……64
新涼［しんりょう］（秋）……138・147
新緑［しんりょく］（夏）……87
西瓜［すいか］（秋）……143
水中花［すいちゅうか］（夏）……108
スキー［すきー］（冬）……208
双六［すごろく］（新年）……13
芒［すすき］（秋）……164
煤籠［すすごもり］（冬）……218
涼し［すずし］（夏）……135・136・137
成人の日［せいじんのひ］（新年）……13
青邨忌［せいそんき］（冬）……212
聖夜［せいや］（冬）……216・217
咳［せき］（冬）……16
雪嶺［せつれい］（冬）……22
蟬［せみ］（夏）……129
蟬時雨［せみしぐれ］（夏）……129
ソーダ水［そーだすい］（夏）……125
底紅木槿［そこべにむくげ］（秋）……138
卒園［そつえん］（春）……51
卒業［そつぎょう］（春）……52
そら豆［そらまめ］（夏）……84
大寒［だいかん］（冬）……17
大根引［だいこひき］（冬）……195
台風［たいふう］（秋）……169
大文字［だいもんじ］（秋）……140
田植［たうえ］（夏）……97
簟［たかむしろ］（夏）……123
短日［たんじつ］（冬）……191
父の日［ちちのひ］（夏）……104

茅の輪［ちのわ］（夏）……111
茶摘女［ちゃつみめ］（春）……79
蝶［ちょう］（春）……45
月［つき］（秋）……155・156・160
土筆［つくし］（春）……43
椿［つばき］（春）……34
冷たし［つめたし］（冬）……214
梅雨［つゆ］（夏）……102・104
露［つゆ］（秋）……165
露けし［つゆけし］（秋）……183
氷柱［つらら］（冬）……206
手焙［てあぶり］（冬）……215
手毬［てまり］（新年）……11
天瓜粉［てんかふん］（夏）……128
天神祭［てんじんまつり］（夏）……127
天皇誕生日［てんのうたんじょうび］（冬）……216
踏青［とうせい］（春）……44
年の暮［としのくれ］（冬）……219
土用鰻［どよううなぎ］（夏）……126
鳥雲に［とりくもに］（春）……73

苗床［なえどこ］（春）……37
梨［なし］（秋）……144
梨の花［なしのはな］（春）……70
夏帯［なつおび］（夏）……105
夏来る［なつきたる］（夏）……81
夏潮［なつしお］（夏）……90
夏足袋［なつたび］（夏）……105
夏の風［なつのかぜ］（夏）……101
夏帽子［なつぼうし］（夏）……106
撫子［なでしこ］（秋）……137
七種籠［ななくさかご］（新年）……10
縄とび［なわとび］（冬）……191
逃水［にげみず］（春）……74・75
入学［にゅうがく］（春）……63
韮の花［にらのはな］（夏）……136
人参［にんじん］（冬）……197
葱［ねぎ］（冬）……196
涅槃雪［ねはんゆき］（春）……50
ねんねこ［ねんねこ］（冬）……19
野遊び［のあそび］（春）……65

野菊［のぎく］（秋）……93
野火［のび］（春）……36
白桃［はくとう］（秋）……143
裸［はだか］（夏）……128
肌寒［はださむ］（秋）……187
八朔［はっさく］（秋）……148
麨［はったい］（夏）……126
初電車［はつでんしゃ］（新年）……8
初湯［はつゆ］（新年）……7
花［はな］（春）……56・58・62・63
花種蒔く［はなだねまく］（春）……37
花どき［はなどき］（春）……56
花吹雪［はなふぶき］（春）……61
羽根つき［はねつき］（新年）……12
母の日［ははのひ］（夏）……84
破魔矢［はまや］（新年）……7
パリー祭［ぱりーさい］（夏）……121
針供養［はりくよう］（春）……28
春［はる］（春）……34
春著［はるぎ］（新年）……9

春寒［はるさむ］（春）……35
春立つ［はるたつ］（春）……26
春隣［はるとなり］（冬）……25
春の雲［はるのくも］（春）……68
春の暮［はるのくれ］（春）……46・47
春の月［はるのつき］（春）……35
バレンタインデー［ばれんたいんでー］（春）……31
ハンモック［はんもっく］（夏）……120
万緑［ばんりょく］（夏）……87
干潟［ひがた］（春）……69
彼岸［ひがん］（春）……52
彼岸過［ひがんすぎ］（春）……54
雛［ひな］（春）……43・44
日永［ひなが］（春）……67
日向ぼこ［ひなたぼこ］（冬）……192
雲雀［ひばり］（春）……49
日焼［ひやけ］（夏）……119
昼寝［ひるね］（夏）……130
広島原爆忌［ひろしまげんばくき］（夏）……135
風鈴［ふうりん］（夏）……109

プール［ぷーる］（夏）……117・119
復活祭［ふっかつさい］（春）……54
筆はじめ［ふではじめ］（新年）……10
葡萄［ぶどう］（秋）……171
冬青空［ふゆあおぞら］（冬）……193
冬田［ふゆた］（冬）……211
冬晴［ふゆばれ］（冬）……194
冬紅葉［ふゆもみじ］（冬）……190
ポインセチア［ぽいんせちあ］（冬）……205
芒種［ぼうしゅ］（夏）……99
鳳仙花［ほうせんか］（秋）……145
菠薐草［ほうれんそう］（春）……46
鬼灯［ほおずき］（秋）……145
ボート［ぼーと］（夏）……121
星月夜［ほしづきよ］（秋）……158・159
星流る［ほしながる］（秋）……152・160
盆支度［ぼんじたく］（秋）……139
豆撒き［まめまき］（冬）……26
満月［まんげつ］（秋）……158
曼珠沙華［まんじゅしゃげ］（秋）……163

三日月［みかづき］（秋）……151
蜜柑［みかん］（冬）……212
水草生ふ［みくさおう］（春）……53
短夜［みじかよ］（夏）……107
水遊［みずあそび］（夏）……115
水着［みずぎ］（夏）……118
水羊羹［みずようかん］（夏）……124・125
三日［みっか］（新年）……8
緑さす［みどりさす］（夏）……86
みどりの日［みどりのひ］（春）……80
みどりの夜［みどりのよ］（夏）……85
虫［むし］（秋）……163・164
明治節［めいじせつ］（秋）……188
毛布［もうふ］（冬）……18
虎落笛［もがりぶえ］（冬）……209・210
木犀［もくせい］（秋）……162
餅花［もちばな］（新年）……9
紅葉［もみじ］（秋）……181
桃の花［もものはな］（春）……55
藪入［やぶいり］（新年）……14

山桜〔やまざくら〕（春）……55
浴衣〔ゆかた〕（夏）……127
雪〔ゆき〕（冬）……25・207・210
雪解風〔ゆきげかぜ〕（春）……28
雪だるま〔ゆきだるま〕（冬）……207
雪催ひ〔ゆきもよい〕（冬）……195
行く秋〔ゆくあき〕（秋）……189
ゆく年〔ゆくとし〕（冬）……220
行く春〔ゆくはる〕（春）……79
柚子の花〔ゆずのはな〕（夏）……100
柚子湯〔ゆずゆ〕（冬）……215
湯たんぽ〔ゆたんぽ〕（冬）……200
百合〔ゆり〕（夏）……103
百合鷗〔ゆりかもめ〕（冬）……20
宵寒〔よいさむ〕（秋）……183
夜桜〔よざくら〕（春）……62
夜寒〔よさむ〕（秋）……184・187
蓬餅〔よもぎもち〕（春）……30
ラグビー〔らぐびー〕（冬）……219
蘭〔らん〕（秋）……146
立冬〔りっとう〕（冬）……190
林檎〔りんご〕（秋）……175・176

作者索引

赤尾兜子〔あかお・とうし〕……72・117
秋葉雅治〔あきば・まさはる〕……133
秋元不死男〔あきもと・ふじお〕…69・129・140
芥川龍之介〔あくたがわ・りゅうのすけ〕…184
浅生田圭史〔あさおだ・けいじ〕……123
朝妻　力〔あさつま・りき〕……50
安住　敦〔あずみ・あつし〕……8・28・142
阿部和子〔あべ・かずこ〕……64
阿部完市〔あべ・かんいち〕……189
阿部みどり女〔あべ・みどりじょ〕……47
飴山　實〔あめやま・みのる〕…44・127・137
綾野道江〔あやの・みちえ〕……103
有馬朗人〔ありま・あきと〕……143・147
阿波野青畝〔あわの・せいほ〕……115
飯島晴子〔いいじま・はるこ〕……20
飯島みさ子〔いいじま・みさこ〕……162
飯田蛇笏〔いいだ・だこつ〕……7・31・45
飯田龍太〔いいだ・りゅうた〕……49・85・135・218・220
五十崎古郷〔いかざき・こきょう〕……188
藺草慶子〔いぐさ・けいこ〕……98
池田澄子〔いけだ・すみこ〕……61
石川桂郎〔いしかわ・けいろう〕……63・176
石川秀治〔いしかわ・しゅうじ〕……154
石嶌　岳〔いしじま・がく〕……196
石田勝彦〔いしだ・かつひこ〕……198
石田郷子〔いしだ・きょうこ〕……15
石田波郷〔いしだ・はきょう〕…16・54・80・122
石塚友二〔いしづか・ともじ〕……68
石橋秀野〔いしばし・ひでの〕……129・161
石原八束〔いしはら・やつか〕……74
一鷺〔いちろ〕……75
一茶〔いっさ〕……10・165
伊藤通明〔いとう・みちあき〕……127
稲垣きくの〔いながき・きくの〕……156
稲田眸子〔いなだ・ぼうし〕……120
稲畑廣太郎〔いなはた・こうたろう〕……92
いのうえかつこ〔いのうえ・かつこ〕……37・122
井上弘美〔いのうえ・ひろみ〕……52・217
茨木和生〔いばらき・かずお〕……205・219
今井　聖〔いまい・せい〕……22
今瀬剛一〔いませ・ごういち〕……50・169
今村妙子〔いまむら・たえこ〕……84
岩井英雅〔いわい・えいが〕……138
岩井久美惠〔いわい・くみえ〕……102
岩田由美〔いわた・ゆみ〕……106
岩津厚子〔いわつ・あつこ〕……175
上田五千石〔うえだ・ごせんごく〕……170・210
上田日差子〔うえだ・ひざし〕……8
上野章子〔うえの・あきこ〕……108
上野一孝〔うえの・いっこう〕……161・192

上野龍子［うえの・たつこ］……173
上村占魚［うえむら・せんぎょ］……159
臼田亜浪［うすだ・あろう］……11
有働　亨［うどう・とおる］……169
浦川聡子［うらかわ・さとこ］……87
榎本好宏［えのもと・よしひろ］……208・217
及川　貞［おいかわ・てい］……38・157
大井雅人［おおい・がじん］……152
大石悦子［おおいし・えつこ］……20・72
大江丸［おおえまる］……145
大串　章［おおぐし・あきら］……170
大島民郎［おおしま・たみろう］……44
大岳水一路［おおたけ・すいいちろ］……175
大嶽青児［おおたけ・せいじ］……25・148
大野林火［おおの・りんか］……82
大橋櫻坡子［おおはし・おうはし］……9
大峯あきら［おおみね・あきら］……9・141・155
岡本　眸［おかもと・ひとみ］……82・213
岡本弘子［おかもと・ひろこ］……151
奥坂まや［おくざか・まや］……62

小野田　迅［おのだ・じん］……101
小原啄葉［おばら・たくよう］……182
折笠美秋［おりがさ・びしゅう］……160
櫂未知子［かい・みちこ］……21
鍵和田秞子［かぎわだ・ゆうこ］……32
加倉井秋を［かくらい・あきを］……201
片山由美子［かたやま・ゆみこ］……19・99・146
桂　信子［かつら・のぶこ］……34・188
加藤喜代子［かとう・きよこ］……211
加藤楸邨［かとう・しゅうそん］……13
金村眞吾［かなむら・しんご］……32
金子兜太［かねこ・とうた］……57・163・196
金田咲子［かねだ・さきこ］……134
鎌倉佐弓［かまくら・さゆみ］……33
川崎展宏［かわさき・てんこう］……125・172
川端茅舎［かわばた・ぼうしゃ］……29・68
河辺克美［かわべ・かつみ］……181
基角［きかく］……157
岸本尚毅［きしもと・なおき］……47
岸本マチ子［きしもと・まちこ］……99

京極杞陽［きょうごく・きよう］……104
清崎敏郎［きよさき・としお］……45・106
草間時彦［くさま・ときひこ］……126
久保田万太郎［くぼた・まんたろう］……198・200
栗島　弘［くりしま・ひろし］……153
栗原利代子［くりはら・りよこ］……90
黒田杏子［くろだ・ももこ］……10・56・109・153・181・191・212・215
高　千夏子［こう・ちかこ］……119
香西照雄［こうざい・てるお］……121
小島　健［こじま・けん］……128
小島俊明［こじま・しゅんめい］……83
後藤比奈夫［ごとう・ひなお］……71・115
後藤夜半［ごとう・やはん］……138
小林康治［こばやし・こうじ］……126
小堀雄大［こぼり・ゆうた］……117
西鶴［さいかく］……199
西東三鬼［さいとう・さんき］……101
斉藤　節［さいとう・せつ］……84・211
坂本宮尾［さかもと・みやお］……107

坂本好子〔さかもと・よしこ〕……28
佐久間慧子〔さくま・けいこ〕……179
佐藤博美〔さとう・ひろみ〕……105
沢木欣一〔さわき・きんいち〕……98
支考〔しこう〕……199
篠原鳳作〔しのはら・ほうさく〕……110
篠原　梵〔しのはら・ぼん〕……25・183
島田万紀子〔しまだ・まきこ〕……64
清水基吉〔しみず・もとよし〕……79
下村槐太〔しもむら・かいた〕……110
白雄〔しらお〕……214
城間芙美子〔しろま・ふみこ〕……30
杉田久女〔すぎた・ひさじょ〕……12・133
杉田望代〔すぎた・もよ〕……135
鈴木栄子〔すずき・えいこ〕……212
仙田洋子〔せんだ・ようこ〕……35・171
相馬遷子〔そうま・せんし〕……195
園女（斯波氏）〔そのめ〕……134
曽良〔そら〕……137
太祇〔たいぎ〕……14・97

高浦銘子〔たかうら・めいこ〕……48
高木石子〔たかぎ・せきし〕……93
髙田涼花〔たかだ・すずか〕……100・190
髙田正子〔たかだ・まさこ〕……91・136・164
高野素十〔たかの・すじゅう〕……37
鷹羽狩行〔たかは・しゅぎょう〕……26・66・100・159
高浜虚子〔たかはま・きょし〕……165・172
高原初子〔たかはら・はつこ〕……108
高柳重信〔たかやなぎ・しげのぶ〕……109
田川飛旅子〔たがわ・ひりょし〕……66・218
瀧　春一〔たき・しゅんいち〕……146
瀧井孝作〔たきい・こうさく〕……27
滝沢伊代次〔たきざわ・いよじ〕……73
竹下しづの女〔たけした・しづのじょ〕……30・107
田中久美子〔たなか・くみこ〕……124
田中純子〔たなか・じゅんこ〕……93
田中裕明〔たなか・ひろあき〕79・86・88・219
田畑美穂女〔たばた・みほじょ〕……31
千々和恵美子〔ちぢわ・えみこ〕……194

千葉皓史〔ちば・こうし〕……27・155・192
千代女〔ちよじょ〕……55
辻美奈子〔つじ・みなこ〕……26
辻　桃子〔つじ・ももこ〕……200
辻田克巳〔つじた・かつみ〕……18
対馬康子〔つしま・やすこ〕……61・209
津田清子〔つだ・きよこ〕……143
津高里永子〔つだか・りえこ〕……58
坪内稔典〔つぼうち・としのり〕……173
寺井谷子〔てらい・たにこ〕……39・111
鴇田智哉〔ときた・ともや〕……74
飛岡光枝〔とびおか・みつえ〕……94
富安風生〔とみやす・ふうせい〕……125・208
友岡子郷〔ともおか・しきょう〕……142・164
鳥居おさむ〔とりい・おさむ〕……92
中嶋秀子〔なかじま・ひでこ〕……119
中田　剛〔なかた・ごう〕……152
中田尚子〔なかた・なおこ〕……51
永田耕衣〔ながた・こうい〕……34
中西夕紀〔なかにし・ゆき〕……69

中原道夫［なかはら・みちお］……205
中村昭子［なかむら・あきこ］……158
中村草田男［なかむら・くさたお］……87・102・151・194
中村汀女［なかむら・ていじょ］……16・105・147・187
中村与謝男［なかむら・よさお］……118
中山純子［なかやま・じゅんこ］……35
名取里美［なとり・さとみ］……17
成田千空［なりた・せんくう］……52・97
成瀬櫻桃子［なるせ・おうとうし］……81
西宮　舞［にしみや・まい］……86
西村和子［にしむら・かずこ］……33
野木藤子［のぎ・ふじこ］……62
野中亮介［のなか・りょうすけ］……57・201
野見山朱鳥［のみやま・あすか］……36
野村泊月［のむら・はくげつ］……156
橋本榮治［はしもと・えいじ］……206
橋本　薫［はしもと・かおる］……136
橋本多佳子［はしもと・たかこ］……19・179・190
芭蕉［ばしょう］……49・206
長谷川櫂［はせがわ・かい］……55・128・183
長谷川かな女［はせがわ・かなじょ］……11
長谷川春草［はせがわ・しゅんそう］……178
長谷川素逝［はせがわ・そせい］……29・71
波多野爽波［はたの・そうは］……140
林　桂［はやし・けい］……176
林　翔［はやし・しょう］……216
原　月舟［はら・げっしゅう］……54
半田順子［はんだ・じゅんこ］……163
日原　傳［ひはら・つたえ］……46・154
平井さち子［ひらい・さちこ］……56
廣瀬直人［ひろせ・なおと］……180
深津健司［ふかつ・けんじ］……139
深見けん二［ふかみ・けんじ］……46
深谷雄大［ふかや・ゆうだい］……104
福田甲子雄［ふくだ・きねお］……21・158・174
福田蓼汀［ふくだ・りょうてい］……48・177
福永耕二［ふくなが・こうじ］……36
福本恵夢［ふくもと・えむ］……90
福本めぐみ［ふくもと・めぐみ］……89
藤田湘子［ふじた・しょうし］……83
藤田直子［ふじた・なおこ］……174
藤平寂信［ふじひら・じゃくしん］……141
文挟夫佐恵［ふばさみ・ふさえ］……180
古舘曹人［ふるたち・そうじん］……123
不破　博［ふわ・ひろし］……65
坊城俊樹［ぼうじょう・としき］……145
保坂敏子［ほさか・としこ］……13
星野立子［ほしの・たつこ］……7・43・160
細谷喨々［ほそや・りょうりょう］……15・193
正岡子規［まさおか・しき］……53
正木ゆう子［まさき・ゆうこ］……162・214
松崎鉄之介［まつざき・てつのすけ］……67
松下千代［まつした・ちよ］……43
松根東洋城［まつね・とうようじょう］……67
松本たかし［まつもと・たかし］……207
黛　執［まゆずみ・しゅう］……70
美柑みつはる［みかん・みつはる］……139
満田春日［みつだ・はるひ］……91・187

三橋鷹女〔みつはし・たかじょ〕……17・81
三橋敏雄〔みつはし・としお〕……70
源　鬼彦〔みなもと・おにひこ〕……182
皆吉爽雨〔みなよし・そうう〕……85
三村純也〔みむら・じゅんや〕……120・130
宮崎すみ〔みやざき・すみ〕……121
武藤紀子〔むとう・のりこ〕……191
村上喜代子〔むらかみ・きよこ〕……207
目迫秩父〔めさく・ちちぶ〕……197
森　澄雄〔もり・すみお〕……38・63・216
森賀まり〔もりが・まり〕……88・103
森田智子〔もりた・ともこ〕……209
藪ノ内君代〔やぶのうち・きみよ〕……193
山口誓子〔やまぐち・せいし〕……18・178・215
山口青邨〔やまぐち・せいそん〕……53・73
山口波津女〔やまぐち・はつじょ〕……213
山崎ひさを〔やまざき・ひさを〕……116
山下知津子〔やました・ちづこ〕……171
山下由理子〔やました・ゆりこ〕……116
山田径子〔やまだ・けいこ〕……118
山田弘子〔やまだ・ひろこ〕……144・197
山田みづえ〔やまだ・みづえ〕……80
山西雅子〔やまにし・まさこ〕……89・111
山本あかね〔やまもと・あかね〕……51
山本かず〔やまもと・かず〕……65
山本洋子〔やまもと・ようこ〕……14・195
百合山羽公〔ゆりやま・うこう〕……12
吉岡桂六〔よしおか・けいろく〕……189
吉田汀史〔よしだ・ていし〕……75
渡辺恭子〔わたなべ・きょうこ〕……144
渡辺水巴〔わたなべ・すいは〕……124
渡辺純枝〔わたなべ・すみえ〕……177・210

あとがき

二〇〇八年閏年の三六六句に向き合い、子ども次第でまるで趣が変わることを改めて味わっています。

子どもの句と言われて最初に思いつくのは、生まれて年月の浅い存在を、おとなの視線でとらえた句でしょう。そこには幼き者として可愛らしい子どもが登場します。その中でも特に自分の血を分けた息子や娘を、親の立場で詠んだ句があります。一般に子育て俳句と呼ばれるものはここに入るでしょう。

子どもが自分のことを詠んだ、作者自身が子どもの句や、すでにおとなである自分を、子の立場に置いて詠んだ句というのもあります。家族関係の中で詠めば親兄弟姉妹を詠むことにもなるでしょう。あるいは自分の子ども時代を振り返っていることもあるでしょう（必ずしも可愛い子どもが登場するとは限らないのはこのケースです）。

さらに庇護すべき存在、次を託す者、……と拡げ、加えて人間の子に限らなくてもよいとすれば、この世は子どもの句だらけとなることでしょう。それはそれで楽しそうですが。

また、子どもの句に鑑賞は要らない、という困った発見もありました。今現在身近に子どもがいなくても、少し前まではいたり、そうでなくてもすべての人がもとは子どもだったわけですから、句意はおのずと明らかなわけです。

そこで、子育て俳句つながりの私の知人友人に登場していただき、話にふくらみを持たせることを考えてみました。私自身の試行錯誤のエピソードも入っています。この本を手にしてくださる方に、ご自身の経験に加えて読んでいただければうれしいです。

最初は偏りなくと思って始めた選句でしたが、「肉声」をひとつの柱とするうちに、現在生きている私たちという色彩の濃いものとなりました。子どもの句の古典として評価の定まった句だけでなく、刊行されたばかりの句集からも引用しています。作者の重複を避けるより、本音で語れることを優先させるようにもなっていきました。考えてみれば『子どもの一句』は人の数ほどあるはずでしょう。今はその一パターンをお届けする気持ちでいます。

Ｗｅｂ連載中から支えてくださったみなさまに感謝申し上げます。

二〇一〇年一月

髙田　正子

著者略歴

高田正子（たかだ・まさこ）

1959年　岐阜県生まれ
1990年　「藍生」創刊と同時に参加
1994年　第一句集『玩具』刊行
1997年　藍生賞受賞
2005年　第二句集『花実』刊行
2006年　句集『花実』により第29回俳人協会
　　　　新人賞受賞

現住所　〒215－0018
　　　　川崎市麻生区王禅寺東１－29－７

発　行　二〇一〇年四月一日初版発行
著　者　髙田正子©Masako Takada
発行人　山岡喜美子
発行所　ふらんす堂
〒182-0002　東京都調布市仙川町一―九―六一―一〇二
TEL（〇三）三三二六―九〇六一　FAX（〇三）三三二六―六九一九

子どもの一句　365日入門シリーズ

URL：http://furansudo.com/　E-mail：info@furansudo.com
装　丁　君嶋真理子
印　刷　㈱トーヨー社
製　本　㈱トーヨー社
定　価＝本体一七一四円＋税
ISBN978-4-7814-0227-7 C0095 ¥1714E

好評既刊　新書判ソフトカバー装　定価1800円

365日入門シリーズ①
食《しょく》の一句

櫂　未知子

美味しい俳句が満載　俳句は、食べ物が作品のメインになり得る稀有な詩型である。「食べる」というごく日常的な行為がそのまま詩となる、そんな文芸は滅多にあるものではない。（著者）　**季語索引・食関連用語索引・俳句作者索引付き**

365日入門シリーズ②
万太郎の一句

小澤　實

久保田万太郎の俳句ファン必読の一書　鑑賞は万太郎俳句そのものの魅力、かがやきを捉えたかった。万太郎は旧作に多く改作を施しているが、改作の過程を明らかにし、その意図を推察するように努めた。（著者）　**季語索引付き**

365日入門シリーズ③
色《いろ》の一句

片山由美子

色とりどりの輝きを発するアンソロジー　色という視点から作品を見渡したことで、必ずしもそれぞれの俳人の代表作として知られたものではない句に新たな魅力を発見できたのは嬉しいことでした。（著者）　**季語索引・俳句作者索引付き**

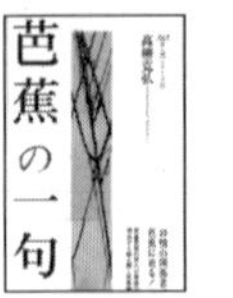

365日入門シリーズ④
芭蕉の一句

髙柳克弘

詩情の開拓者、芭蕉に迫る！　芭蕉の開拓した詩情は、時代や価値観の枠を越え、人の心の深いところにまで届き、感動を与える。本書が、その詩情の一端でも読者に伝えることができていたら、幸いである。（著者）　**季語索引付き**